詩林散步

黃永武

目錄

詩與快樂 29

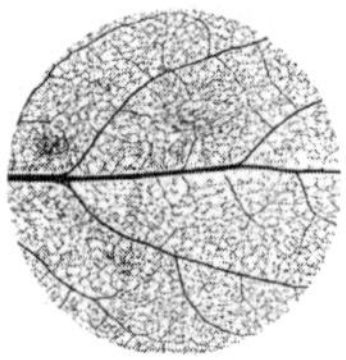

詩與智慧 43

原書序

廣採生活的桑麻織成人生錦緞

人生最快樂的時間是如何的呢？有人說：畫倚柴門，閒看流水，妻子的歡談如朋友，鳥雀的喧呼像市場，人生的快樂就在這裡了！

有人說：山光雲氣看飽了，名畫也不必展賞啦；松風鳥韻聽慣了，素琴也不必張設啦，有一天林巒新霽，巖扉初曉，一推開窗户，山椒紫翠，恰好灑落在枕蓆上，人就仙呀仙呀地彷彿要飄浮起來，快樂就在這裡了！

也有人說：選一個清晨或靜夜，在雪後或是雨中，向荒臺或古剎走去，路側是懸崖奔濤，腳下是寒花落葉，這時在林下獨步，默默無言，真要「直見天地之心」了，能不快樂嗎？

這些都是明代人闡發出來的生活趣味，明代人最懂生活的藝術，到了明末清初，才出現許多生活學家，像寫《閒情偶寄》的李漁、寫《幽夢影》的張潮、寫《菜根譚》的洪自誠等，個個胸懷智珠，字字警策動人。

其實他們並不是突然蹦出來的，要靠有明二百七十多年裡的你思我想、心耕意織，漸漸闢出蹊徑，蔚成生活美學的風氣，到了他們，才堆珠積玉地大豐收了。

最近一年，我抖落世務的俗塵，有了較為閒適的心境，快讀了三百部明代人的詩文集，想從這些最懂生活藝術的明代詩人筆下，撿出閃耀著生活智慧的雋句，從而引伸發揮，無論是談瀟灑曠達，說愛情友誼，論巧思奇想，求修養快樂，都希望能廣採生活的桑麻，織成人生的錦緞。

所以《詩林散步》雖兼採各代詩人的佳句，但隱約中是以明代詩人的比例為重。主要的原因，就是我自己每天正陶醉在這些明人的詩文集中。一面讀，一面寫，讀書與寫作變成了一件事，讀書求「內積」，寫作求「外華」，就像油燈點火並不是兩件事。如果能使「內積」的油膏不斷，「外華」的光彩彌彰，不讓驟然的光亮，乍明乍歇，難以為繼；要使晶瀲的水月花香，愈拈愈盛，掬之無盡，這也算是生活中無窮的趣味吧？

本書取名為《詩林散步》，散步原沒有特定的目標，也不想有系統的步驟，只是踱向何方，就寫向何方；想起什麼，就閒聊什麼。林下優游地散步，已夠神怡，更何況有人說：山水花木，是名利的奔競爭奪所不到的地方，樹林和山居，具有一種自然母性的親和力，是現代人健旺精神靈魂的好道場。你如果也相信這種說法，就歡迎你一同來林下散步，尤其是在詩林之下散步，洗去面上的塵俗與心頭的抑鬱，換來健康快樂的微笑。

黃永武　寫於民國七十八年九月
臺灣臺北

詩與瀟灑

青少年羨慕談吐服飾的瀟灑，壯老年羨慕生活意態的瀟灑，其實瀟灑乃是一種自由、一種享樂、一種心靈的芬芳。完全是內在襟期修養的流露，與自我形象的飽滿和諧。而絕不是外在的裝扮做作而已。且看青史上雅士的標致、聖賢的圓融，才表現出真瀟灑來。

究竟如何才能達到瀟灑的境地？下面借助古今詩人的吟詠，從中一窺瀟灑的真貌：

心閒

數聲清磬是非外，
一個閒人天地間。

——唐　貫休　山居詩　（全唐詩）

瀟灑起於內心逍遙的感覺，不能乞靈於外在的裝腔作勢。一個不沾惹是非名利的和尚，內心沒有榮枯的焦慮，只有煙霞的閒情，常能提供天地間瀟灑的榜樣。

貫休和尚曾做詩送給吳越王道：「滿堂花醉三千客，一劍霜寒十四州！」吳越王大喜，但也更煽起他僭越稱帝的念頭，竟要求貫休把「十四州」改為「四十州」，歌頌他擴大版圖，一統江山，便可以贈予重禮，貫休立即拒絕道：「州很難增添，詩也不能改字，我是孤雲野鶴，哪個天空不能飛翔？」說罷就裹起衣鉢，拂袖而去。到四川又做詩道：「一瓶一鉢垂垂老，千水千山得得來！」後人羡稱他為「得得來和尚」，得得在唐人方言中是「特地」的意思，愛山水像特地有約而來。這種澹泊無拘、任真自適的風神，瀟灑極了。

貫休的瀟灑來源，據他自己說是來自赤子之心，「道情終遣似嬰孩」，無論寫詩或為人處世，保有嬰孩的赤子之心，畢竟具有最大的瀟灑魅力，等到內心蓄起了野心，外表有了矯飾，瀟灑才逐漸褪色。因此，心計愈少，瀟灑愈多；偏私愈少，瀟灑亦愈多。貫休曾說：「有念盡為煩惱相，無私方稱水晶宮。」那廓然寬大的包容力，與澹泊純淨的身心，才能讓方寸之地開展成廣大透剔的水晶宮。貪私的念頭少了，煩惱相就少，人間下來，「數聲清磬是非外，一個閒人天地間」，灑脫極了。

甘眠

紫陌縱榮怎及睡？
朱門雖貴不如貧。

——宋 陳摶 辭別賦詩 （唐才子傳）

懂得放鬆自己的人，才可能瀟灑起來。

放鬆自己最好的表徵，就是有良好的睡眠。失眠、驚眠，如何瀟灑？陳與義把擾擾的官職辭掉，做了一句「睡鄉深處作奔雷」的鼾聲詩，很瀟灑；徐陵筆下的「巷裡云云，余無驚色；門前擾擾，我且安眠」，一派我行我素，外界驚擾不到他，當然夠瀟灑；北史中記載史官韓麒麟，當皇帝責備他後，他一面仍「直筆無懼」，一面照常「安眠美食」，自信比司馬遷班固還要稱職，那樣的「安眠」就更瀟灑；莊子最崇拜的「至人」，也是「甘眠乎無何有之鄉」的，「甘眠」的儀態心境，一定比「安眠」尤為瀟灑。

舊詩詞中常用「高枕臥、坦腹眠」作為黑甜鄉裡無牽無掛的描繪。傳說裡「坦腹東床」的故事：晉代的權貴要到王氏家族中選女婿，王家的子弟個個刻意整飾，裝模作樣，希望被選上，只有王羲之坦腹於東床，吃飯睡覺，一如平常，結果權貴反而指著他說：「正是這個最好！」就看上了王羲之的瀟灑勁兒。

本詩作者陳摶，傳說中他從唐朝活到宋朝，極為長壽，他那長時間睡覺也是有名的，管他風蕭蕭雨瀟瀟，有時一覺十天沒起床。周世宗召他入禁中，他竟關門睡覺一個多月，進去看他，都在熟寐，好不容易等他醒來，就留下這首詩道：紫陌上的榮華，怎能比得上安睡的舒服？朱門裡的富貴，也不如貧者的一無牽掛呀！留詩後便走了，這位睡仙真瀟灑！

逸品

心馳流水高山外，
身在落花啼鳥中。

——宋　高鵬飛　深夜風雨有懷　（兩宋名賢小集）

生活的目標由富貴利祿轉向山水花鳥，這種隱逸的生活型態，也創造了瀟灑的風采。更何況心馳在流水高山之外，身融在落花啼鳥之中，更是從眼前表面的物象裡高高地超升，而掌握到物象背後的精神世界，使自身與自然物象的精神恬然相遇，入乎其中，又超乎其外，十分瀟灑。

推究這瀟灑的來源，就在一個「逸」字，前人將繪畫中的「謹細」，作為中品；繪畫中的「神妙」作為上品；而所謂「逸品」則尤高出於「神妙」之上。其實為人也是如此，性情自然真摯，襟抱超然絕俗，情高格逸，乃是瀟灑中的翹楚。

伯牙鍾子期的流水高山，傳為美談，固然寫出知音的可貴，但「知音」還不如「知心」，所謂「心馳流水高山外」，超越形象，而昇華上去，泯滅物我的界限，奔向原始的蒼茫與諧和，融入落花啼鳥中去，在從容澹雅的心境中，一無俗務的掛搭，才見真瀟灑。

由此也可以明白，瀟灑不是從特異的性情或豪放不羈中求得，性情特異與豪放不羈，會引人走到狂怪的路上去，狂者欺人，怪者自欺，不見得是真瀟灑了。

襟期

幾回談笑風生席，
一片襟期月滿輪。

——明　符俊　酬和張司訓惠扇韻（進修遺集）

我們對談笑生風、顧盼生姿的人，無不投以羨慕注目的眼光，且看他輕揮著扇子，言辭又滔滔不絕，覺得他何等瀟灑！

追索他散發「瀟灑」光采的真正源頭，實來自一片皎皎滿月般的「襟期」，襟期中碧空如洗，金鏡滿輪，談吐時才會慧珠點點，清光照人！

因此有人說瀟灑的培養，一方面仰賴知識的增廣，就好比在熟悉的環境條件下，才能有巧思妙解。俗話說「熟能生巧」、「人頭熟、吃得開」乃至「勝任者愉快」，都是比喻「知」在瀟灑中的重要性。假若一入陌生無知的境遇，必然「捉襟見肘」、「貽笑大方」，如何也揮灑不開了。

瀟灑的另一方面是仰賴於胸襟的修煉。胸襟中慾望愈少，慧光才愈多，蒼煙不起，萬頃清瑩，才是瀟灑的勝境。心中一有所求，就卑俗拘謹起來，就如平常男女之間，無所求盼時，可以飄逸不拘，談吐幽默，一朝萌生追求占有的念頭，立刻手僵舌結，弄巧成拙，變得笨拙自卑起來了。

《史記》裡記載老子以「自隱無名為務」，無所求，無所待，所以像乘風雲而上天的「龍」；而孔子棲棲皇皇，奔走列國，有所求，有所待，只落得「如喪家之犬」的形容。不求世用的「龍」比仰求世用的「犬」要瀟灑多了。孔子向老子問禮的時候，老子叫孔子去掉「驕氣」與「多欲」，這正指出了修煉胸襟瀟灑的不二法門。

合情

行藏但遣情懷合，
去住何愁道路艱！
——明　陳寰　舟發金山登飲　（琴溪陳先生集）

瀟灑的基本條件，是有一個具備充分獨立的人格，與心安理得的自我。喜歡做就做，不喜做就不做，擁有足夠的安詳信心，面對生活中的變動與挑戰，作出果斷果行的決定，不怕犯錯，知錯就改，所謂「行藏但遣情懷合」，行藏舉動，一任本心本色，何必管「別人對我的看法如何？」、「別人會喜歡我嗎？」不必掩藏本來面目，價值決定於自己，這種人最瀟灑。

而一些追求時尚、強行出頭的人，不管合不合自己的心意，強調「別人都如此，我不能不如此」、「人家都做，我為什麼不做？」做什麼只是為了和別人比，一回自負地壓制別人，一回又自卑地巴結別人，滿腦子都是「別人……」「人家……」，而所做又不出於心甘情願，只在時髦的風潮裡被拖著打旋，以致行為表裡相反，喪失自我心靈的自由，這樣的人最不瀟灑。

所以瀟灑乃是自信心的流露，瀟灑的人不會無端悲傷，更不必以缺點來界定自己，預告自己經常失敗。在面臨各種搖擺不定的意見時，決定是去是留？前面有豺狼有蛟龍？有自信的人面對這不確定的心靈擺動之時，相信自己很好，有足夠的應付能力，因而顯得氣定神閒。所謂「去住何愁道路艱」，不必多疑憂慮，更不必發怒失眠，不畏艱難的人，艱難就畏他，真正瀟灑的人，本來就不依靠外在的東西，便能夠勇往直前。

自賞

別有生涯惟詩卷，
舊曾相賞是春風。

——明　李蛟楨　元日（增城集）

瀟灑的人，一定是欣賞自己所從事這行工作的人。就一位詩人而言，他欣賞自己的工作，乃是「鏤玉雕瓊」、乃是「雕龍吐鳳」，把錘鍊的文字愛同瓊玉，把動人的詩篇珍如龍鳳，陶醉在其中，詩卷的天地成了他另一種唯美的生涯，這種只顧吟春風、惜落花，享受渾然忘我的境界，實在很瀟灑。

相反的，做一行怨一行的人，就最不瀟灑。不能享受自己所做的事情，每天在欺騙自己、勉強自己的心情下度日子，滿嘴抱怨與自嘲，無法從中獲取樂趣與成就感，這樣下去，自己也變得越來越不可愛。就像一個酸腐的詩人，老寫些「飯窖勝詩囊」、「圖書四壁不療飢」之類的內容，向世上訴苦埋怨入錯了行，酸氣沖天，沒有人不想對他遠遠地避之大吉。

當然，倘由「怨艾」轉而為激烈的「譏諷」，就喪失盡瀟灑的風度了！想藉譏諷來表現聰明才智，逗人發笑；或想藉譏諷來表現狂傲不馴，引人矚目，結果反令四周的人更快地疏離了他。「譏諷」只能使自己飽嘗絕望的苦果，淪為斷斷計較的斗筲淺薄之人，譏諷愈烈，苦果愈大而已。

孤芳

郢雪調高寧眾和，
畹蘭芳潔竟孤妍。

——明　吳文奎　哭吳明卿老師（蓀堂集）

瀟灑當然是高出於流俗之上，但是真正的瀟灑，不應變成高出眾人之上的「孤芳自賞」。

人在名利權位上的奔競，會變成無限的追逐，追逐「我比你強」的形勢；人在才調聲譽乃至仁義上的修煉，也會牽引成無限的追逐，追逐「我比你好」的自負。就莊子的「養生」觀念看來，這些都是意念的造作，會迫使生命紛馳的。就現代心理學的觀點看來，克服自己的自卑情結，追求超越他人的優越感，以求肯定自我，實現自我，固然沒有什麼不對，但是要談瀟灑，除了求自己好之外，還必須和外界維持開放和諧的關係。

「你很好，我也很好」，除了坦然接納自己外，也同時寬容地接納別人，各本性分的高下，不相凌駕，人我之間就毫無芥蒂。所以瀟灑就難免清高豁脫，卻並不故意對比出別人的卑俗，瀟灑之中不含有競爭壓制的動機，因此郢都中白雪調高到沒有人可以唱和，畹畦上蘭蕙芳潔得孤家妍美，強烈而孤冷的優越感裡，也產生不出真正的瀟灑。

無　求

罷卻折腰從骨傲，
別無繫肘覺身輕。

——明　徐揚先　予假出都　（槃園集）

人生在世上，總是有所祈求；凡是有所祈求的，總須有所等待。這「求」與「待」能否如願，往往決定於外界，人就不免變得迎合與受制。在「求」與「待」的壓力下，輕則小心謹慎，察言觀色；重則違心奔逐，卑躬屈膝，時時顯得心理沉重、步履歪斜，如何瀟灑得起來？

陶淵明不為五斗米折腰，解綬歸田，看來像是玩忽散誕，實則在他的雅操堅持裡，何嘗不是苦心傲骨支撐在其中。晉宋人雖尚清高，多數內心繫戀著名利，名利實在比酒更醉人呀！因此一面清談，一面招權納貨的也不少。朱熹說：「陶淵明真個能不要，此所以高於晉宋人物。」評得一語中的。

做到「真個能不要」，才能忘懷得失，一無繫肘，身輕得像「清瀾白鳥，長林麋鹿」，不受韁環的籠絡羈絆。陶淵明賦歸去來，後人羨慕的很多，效顰者也不少，真能做到就不容易，結果都是「終然不能去，俛仰塵埃間」而已，終日役役，永無了期。即使有人也學會了棄官歸來，而能夠「無一事掛心頭」，一任真率，始終無悔，就更為難能。所以「罷卻折腰從骨傲，別無繫肘覺身輕」，無牽無掛，真是瀟灑。

斑竹

受涅幾曾妨勁節？
多文常自抱中虛。
——明 莫如忠 戲題斑竹（崇蘭館集）

許多人瀟灑不起來，是受了過去回憶中某些負面感情的作弄，陷入面子遮掩與慎防拆穿的不安全感裡。遇事就畏縮，遇人就逃避，他不接受自己，也怕別人發現本來面目。

所以談瀟灑，首先要克服的心理障礙，就是要學會與自己的過錯共存，放鬆自己的心情，寬宥自己的缺點，不必強扮聖賢，強扮完美無缺。自己是什麼樣子就接納自己的樣子，別讓負面的感情攪亂了自在與平和，老覺得自己這不好、那不好的人，是無法瀟灑的。

本詩題目是戲題〈斑竹〉，竹子有斑，像沾汙了一樣，其實就算沾汙過的斑竹，又何嘗妨害了它挺直向上的勁節？不必百般掩藏斑點，帶著斑點的竹子，照樣可以高聳入青雲裡去的。

坦然接受自我缺點的人，反而變得堅實可靠，而缺點斑文，也進而成為他成長中可貴的經驗，「受涅」的沾染，反而薰陶成了「多文」的斑斕呢，加上它的「虛心」與「勁節」，更增添了它的可愛性。因此，這斑竹幾乎就成了瀟灑的象徵。

詩與快樂

人人都祈求快樂，然而快樂真的可以祈求嗎？要想獲致快樂，最起碼先要弄清楚，什麼才是人生的真快樂。有人以為所謂人生的快樂，只是一場騙局，在你尋覓它的時候，已經夠你煩惱了；當你擁有它時，依然愈加渴望，永不滿足；直到有一天完全失去它時，回顧歡樂變成一堆幻影，那才教人絕望呢！所謂快樂，真是如此悲觀嗎？

古往今來，誰不在追尋快樂，企盼快樂，享用快樂，且看看千千萬萬的詩人與聖哲，如何描繪快樂的面貌，借助一些詩句，把它勾勒出來：

登　第

昔日齷齪不足誇，
今朝放蕩思無涯，

春風得意馬蹄疾，
一日看盡長安花！
——唐　孟郊　登科後　（孟東野詩集）

哪些是人生最快樂的事呢？根據一首民俗流行的詩裡舉了四件事：久旱逢甘雨，他鄉遇故知，洞房花燭夜，金榜題名時。

第一件快樂是：久旱以後，逢到一大場豪雨，將能豐收，這雨自然是「甘」的了。第二件快樂是在他鄉寂寞、百無聊賴之際，巧遇一位家鄉的舊友。第三件是有情人終成眷屬，花燭高燒時進入了洞房。第四件是應試中第，名字題在金榜上。這四件事說明了世俗的想法：情、愛、名、利，是我們最想要的東西，如能恰好獲得滿足，就是快樂。

有人以為這四件事，人生常有，太普通，還不夠快樂。應該各加二字，變成：十年久旱逢甘雨，千里他鄉遇故知，和尚洞房花燭夜，道士金榜題名時。讓最想要的東西，在最不可能獲得的情形下，爆出冷門，將快樂推上最巔峯去。然而十年久旱真夠悲苦，千里他鄉也夠飄泊，和尚不能結婚，道士不准赴考，好像讓悲愁重重阻攔著，而根本得不著的東西，也或許是別人認為你不可能做得到的，一旦得到做到，反而教人意外地狂喜。

孟郊到四十六歲才登科，唐人四十歲已成老翁，回想昔日的齷齪儉嗇，到今朝才舒鬆了一口氣，坦然放蕩胸懷，奔出得意的馬蹄，心中想得的東西，終於獲得，回想幾次落第，寫下「情如刀刃傷」、「空將淚見花」的酸苦日子，而今天是幾乎到了快要放棄的絕望的最後關頭，才獲得，就特別快樂吧？

睡覺

半記不記夢覺後，
似愁無愁情倦時，
擁衾側臥未欲起，
簾外落花撩亂飛！

——宋　邵雍　安樂窩（擊壤集）

在民國初年時，北京大學學生曾舉行辯論賽，討論人生最快樂的事是什麼？最後由主張「人生最快樂的事是睡覺」者獲勝，人在渴求睡覺的時候，官也不想做了，錢也不想賺了，美色美食，也毫無興致了，只求安睡片刻，所以睡覺的快樂躍居諸事中第一位。據說辯論終結，竟有大學生為之自殺：「既然睡覺最快樂，就早些長眠地下吧！」

其實睡覺之所以快樂，並不在「睡覺」本身，人人都可以睡覺，天天都可以睡覺，失眠驚眠的人經常一大堆，簡直視睡覺為畏途，哪來的快樂呢？

原來快樂的睡眠，是要配合閒適的心境來完成的，身無病痛，心無騷擾，能安逸酣眠，才是真快樂。但人們對健康清靜不很重視，總要在失去健康清靜以後，等快樂閒適的心境一離開，才從快樂的反面去認識它，懷念它。

邵雍把睡覺當作他「安樂窩」中最大的享受，且看他夢覺後「半記不記」，表示夢裡沒有淒苦驚嚇的情節；情倦時「似愁無愁」，表示心上沒有擔憂虧欠的事件。擁著衾枕，再側臥片刻，不必催著起床，正表示身體無病，心頭無事，這時候的春鳥交雜地鳴，全成了笙歌處處；春花撩亂地飛，全屬於粉黛繽紛，花鳥都在簾外，也不管它花落多少，鳥鳴何方，只要是「一枕煙霞聊我鼾，滿川花柳是誰心？」不問情倦夢覺，我以打鼾最樂；任他煙霞花柳，萬紫千紅，都是別人的事。此刻恬適行樂，真是美不可言，真是「好快活」！

外求

靈臺無事日休休，
安樂由來不外求，
細雨寒風宜獨坐，
暖天佳景即閑遊。

——宋 司馬光 和邵雍安樂窩職事吟（傳家集）

多少人在追求快樂，以為付出代價，就可以得到快樂。然而有人追求到眼前的歡樂，卻不慎妨礙了將來的快樂；有人緊緊地抓住了快樂，卻發現它淺嘗時是快樂，醉飲後卻變成煩惱；也有人終於明白：歡樂或許是一種罪惡，罪惡竟也是一種歡樂！

快樂不是刻意徵求來的，也不是用金錢買得到的。西哲曾說：「找尋快樂很少找得到，我們歡娛中最明亮的火焰，通常是由不經意的火所點燃。」另一位說：「對快樂的追求是荒謬的事，因為你越是追求，越是得不著快樂。」

其實快樂是一種內心的感覺，是一種本來穩坐在你心中而不假外求的靈臺寶珠。司馬光早就說：「安樂由來不外求」，保持內心靈臺的寧謐，調養著一顆「休休」樂道之心，細雨寒風的日子，就獨自在家裡坐著；暖天佳景就無妨外出閒遊，這種不求人、不自苦的境地，真做到了隨遇而安。西哲曾說：「滿足現狀是使人快樂最主要的因素。」不過司馬光的「無事」是不自擾，「休休」是安閒而樂道，還不啻是滿足現狀而已。

樂閒

誰人敢議清風價？
無樂能過白日閒！

——宋　韓琦　北塘避暑（安陽集）

世上無價之寶是滌暑的清風，世上最大的快樂是白日的空閒！元人劉將孫也說：「昔時風月多情賞，閒處山川笑口開！」風月因多情而可以賞心，山川因空閒而笑口常開，都說快樂在空閒之中。「三生有福是長閒」，閒真好！

「空閒」有哪些快樂呢？有人數說道：空閒時可以省掉交往拜送的俗禮、可以整天觀書鼓琴、可以隨意睡起而無所拘礙、可以不為世態炎涼的囂雜而影響情緒、可以好好地教育下一代，好處有五點。也有人說：田園裡有真樂，不空閒就無法瀟灑；讀書有真樂，不空閒就無從玩味；山水有真樂，不空閒就無法登臨領會；藝文有真樂，不空閒就無門解脫！名山著述閒中富，不閒何時寫？

這麼看來，空閒並不是沒事做，而是多了一些修養靈性、超逸心神的機會而已。難怪曾有一位西哲說：「如何打發空閒，是測驗智慧的最佳辦法！」

但是也有人持相反的意見，竟然說：「全然快樂的祕方，是使自己為繁瑣小事而忙得暈頭轉向！」以為把空閒填滿，就沒有時間不快樂了。這種為了逃避煩惱或良心不安而過度工作，只能令人疲倦而心煩氣躁，這種人表面上喜歡挑剔別人的「懶散」，實際上在實施自我受苦的「懲罰」，哪裡會有樂趣？凡是不能享受空閒的人，往往心理上有問題：屬於不能忍受自己的人！

自在

昨夜江邊春水生，
蒙衝巨艦一毛輕，
向來枉費推移力，

此日中流自在行！

——宋　朱熹　觀書有感（晦庵集）

「快樂」與「自在」是孿生兄弟，為了要贏得今天的「自在」，已經枉費了向來多少的「推移力」，彷彿「自在」與「快樂」，必須經過許多歷險含辛的過程，才益能現出意味深濃。

朱熹的詩，原本是形容「讀書」境界的，往日讀書就像一條「蒙衝巨艦」，擱淺在淺灘上，任你如何拉縴推移，憤悱困頓，都如枉費力氣，一無進境。直到昨夜的江邊春水湧生，這「巨艦」自然輕浮起來，輕如鴻毛，今天在中流航行，左右逢源，前後順暢，是如何的自在快樂了。朱熹從「悟」後的快樂，回想以往的「推移」都是枉費力氣，其實不經過這些曲折錯誤的嘗試，又哪來水到渠成的一天呢？

把這「讀書樂」應用到一切樂趣方面，好像「艱辛」與「快樂」是同莖而生，且成正比，苦盡甘來，滋味才真切。人生的快樂就是在許多枉費心力的折磨裡，就是在許多酷烈無奈的爭鬥裡，像楠梗杞梓的大材飽經冰雪，像圭璋瑚璉的寶器痛遭磨琢，沒有這些困頓危難的陪襯，也顯不出快樂的珍貴意義吧？

四娛

四時風月無佳客，
一榻琴書靜掩門，
吟罷新詩須酌酒，
別離情緒易黃昏。

——元 耶律鑄 即事（雙溪醉隱集）

耶律鑄曾經認定人生的快樂事有四樣，為此他把居室題稱「四娛室」，是哪四娛呢？他在詩中指述道：「琴餘細嚼陶潛句，書罷深傾李白杯！」所謂四件樂事是：琴、詩、書、酒！

與他有同感的人不少，明代的黃居中，在千頃齋詩裡，有首叫做〈最樂處〉的詩，也說：「至樂尋何處？琴罇趣最真，門無車馬喝，日與典墳親！」三墳五典就是指「詩、書」，再加上「琴、罇」，也認為人生的最樂處是這四件，每當「門無車馬喝」的清閒時分，「四娛」就顯出樂趣來。

但耶律鑄的這首「即事」詩，卻說明這「四娛」是由於有了「佳客」才快樂起來的，琴有了佳客，才有高山流水的知音之樂；書有了佳客，才有益智輔仁的切磋之樂；詩有了佳客，才有眼青心紅的唱和之樂；酒有了佳客，才有情真語快的舒暢之樂。假若「四時風月無佳客」，那麼琴書只靜靜地掩藏在門內，詩與酒也被離情別緒，弄得一無情緒了！

所以王安石說「人生樂在相知心」，重要的是這顆摯友的心，有了這顆心，能自愛，能愛人，能被愛，才有了活力，才有了光輝，琴詩書酒，才不只限於土甕木架、紙筆墨硯而已！

工作

幸得青編遂眞樂，
故將蔬食博清閒。

——元　滕安上　東庵即事　（東庵集）

降低物質上的欲求，騰出時間上的空裕，來做自己真心喜歡做的事，這種工作，就是至上的快樂。本詩主人甘於蔬食瓢飲，博得清閒，來專心做青編著述的工作，認為這便是「真樂」。

清閒是一種快樂，但工作也可能成為快樂。得不到喜愛的工作時，與得不到悠閒時一樣，會對人生厭倦的。一味清閒而不懂得發展心靈，會使人怠惰腐化，誰能忍受長年都是游手好閒的假日呢？真是那樣，會比天天工作更煩厭，因為廢物比忙碌更缺乏樂趣。古人說：「真樂無定在，隨人各領之。」一點不錯。

對自己喜愛的工作，必然會著迷，專注工作，然後欣賞工作的成就，也是世間快樂的來源。蘇東坡曾描寫一位對書道藝術著迷的工作者道：「自言其中有至樂，適意無異逍遙遊，近者作堂名醉墨，如飲美酒銷百憂！」人在醉心於喜愛的工作時，像醉心於美酒一樣，非但百憂全銷，而且逍遙自在，這時的工作不再是束縛，不單為了金錢，工作變成了完成自我的方法，變成了愛的對象，全心全意狂熱專注去做，其中就產生了「至樂」。

健康

膝下盡歡衣有綵，
人間無似壽爲尊！

——元　王惲　慶路伯達八秩之壽　（秋澗集）

無論你說「清閒」是快樂，或是「工作」是快樂，先決的條件是要有健康長壽的身體才行。古人所謂「身健得閒方是福」，正說明了清閒必須配上健康才真是有福氣。

快樂仰賴於身體與心理都健康，詩中慶頌的主人，是一個真正快樂的人，他有著美好的人倫關係，與健康長壽的生命。膝下有人承歡，衣著綵衣來娛弄，濃濃的親情造成了家庭的和樂，有和樂的家庭才有快樂的個人，這樣的人可算有福，而人間萬福，又哪有比「壽」更尊貴的呢？然而古人所謂的「福壽雙全」，今天不正是可以解釋為「身心健康」嗎？

古人說過：「人在病中，百念灰冷，雖有富貴，欲享不可，反羨貧賤而健者。」可見健康長壽，比之富貴尤為重要。但是健康長壽，也和財富一般，是要靠平時儲蓄的，平時揮霍青春，透支體力，日夜顛倒，亂吃東西，不懂得保養與節制，健康遲早要破產，快樂也隨之而倒閉，所以健康不但是一切事業之母，也是一切快樂之母。

友誼

窗照好花如好月，

坐依名士即名山！

——明 顧夢游 葛震甫等過酒隱堂守歲（顧與治詩集）

在人生的樂趣裡面，當然，友誼的啜嘗，也是快樂的醴漿之一。

朋友有各種性格與素養，如果懂得欣賞朋友的優點，就有各種不同的樂趣。張潮說：「對淵博友，如讀異書；對風雅友，如讀名人詩文；對謹飭友，如讀聖賢經傳；對滑稽友，如閱傳奇小說。」有的朋友學識淵博，令人目不暇給；有的談吐風雅，教人心神傾倒；有的言行謹飭，使人肅然起敬；有的詼諧滑稽，逗人捧腹忘倦……

顧夢游更提出「坐依名士即名山」的看法，認為朋友之中，聽名士朋友的一席話，賽如在名山中作竟日遊，名士的丰采像明霞，名士的談吐像流泉，座上的好花像照著好月一般，你聽那佳思妙句，書也可以下酒；你想那俠情道骨，雲也可以供桌。坐依著名士，一燈青熒之下，只見佳蹊滿眼，塵情全消，有這樣的知友，真如黃景仁所寫：「萬事不如知己樂，一燈常記對床時。」終身難忘。

當然，友誼的快樂，並不在於朋友能如何取悅我們，真朋友是沒有什麼讓我們有所求的。而「名士」，正是現實政治中的「棄才」，不具備實質的利害作用，他只是天地間可賞的一股逸氣，也因此，才更具備真友情中的樂趣吧？

詩與智慧

數千年中國的詩歌，是先賢情感與生活內涵的大寶藏，唐詩可說風情萬種，而宋元以後的詩，更將現實生活的甘苦與智慧，熬鍊入詩，其中蘊藏的人生智慧警句，質量驚人，都是吾人立身處世的借鏡處，詩句都很凝鍊，就中汲取智慧的醴泉，參酌己意，加以稀釋引伸，以供啜嘗：

一笑

寸心未逐鶯花老
一笑能留天地春

——宋　鄧肅　送春　（栟櫚集鈔）

常常嚷著「倒楣，倒楣」的人，一定時運不濟，果真倒楣。有人說：這是舉頭三尺有鬼神會聽見的緣故。其實常呼倒楣的人，常有一副消極憤懣的嘴臉，對內臟細胞都產生不利的影響，以致常造成各種蹉跎與病痛的惡果。

「老」也是一樣，口頭常嚷著「老、老」的人，內臟細胞也無一不感覺到衰遲了，所以哲人說：「老先存在於一個人的想像之中，然後才在身體上顯現出來。」道理正和自呼倒楣一樣。

懂得這道理，那麼儘管春意闌珊，鶯花已老，心情不必隨著送春而感傷，芳菲過盡，自有綠意正濃。萬翠之前，不要抹一絲灰色；寸心之間，不要存一點黯淡，每天帶著積極的微笑，想著可喜的事件，青春一定為你而留下。「一笑出門天地寬」、「一笑能留天地春」，明代的陳于朝說：「人愛我，只是笑；人怪我，亦是笑，一臉笑容值幾何？世間哪有白眼到！」耳光不打向笑臉，白眼也不會去冷對笑臉，笑只會帶來健康與順利，處世的上策，莫過一笑了。

巧拙

花爲可觀遭夭折

草因無用得欣榮

——元　許衡　病中雜言（魯齋集）

花因為好看，這美麗的優點竟變成了致命的缺點，遭到攀折；草因為無用，這平庸的缺點反變成了長生的優點，濃綠一片。

從這「物情」中窺察，世間有人用盡了巧妙的心計，而造化卻在暗中加以乘除換算，結果巧的未必長榮，拙的未必長枯，平庸者雖不受重視，倒就不被嫉害；不受重用，倒也不會勞累，反而活得平安快樂。

這種想法也不完全是消極的，如果用在積極方面，自己的優點固然可以勝過別人的缺點；自己的優點也可能凌駕別人的優點，最重要的，是接納自己的缺點，善於應用短處的人，有時也可以賽過別人的長處。

憧憬

此去要知燈是火
向來空指雁爲羹

——元　劉因　付阿山誦（靜修丁亥集）

總是要經過幾番困難挫折，人才肯落實下來，平平實實的，明白地上有燈的所在才是火；不再縹縹緲緲的，空想以天際高翔的鴻雁來做羹肴。

如果說這是醒悟，也滿悲酸的。因為當年輕時那種海闊天空浪漫的憧憬一一消失的時候，究竟心靈是幸福抑或不幸福呢？一味務實於地上的耕耘，雖然收穫可期，但是人不能完全沒有夢幻，絲毫沒有天馬行空的奇想與期待，生命的內涵也就太寒傖太有限了。向來空指著天際的雁夢，即使沒有絲毫成效，也不必言悔，有夢可以追逐，總比沒夢好，追夢的日子，那份求奇的燦爛，會閃亮年輕的回憶，平添人生旅程中景色的富麗。

琴隱

足屨兩忘便不借
人琴俱隱付無絃

——元　方夔　雜興　（富山孏稿）

每次讀王維的詩：「獨坐幽篁裡，彈琴復長嘯」，還覺得長嘯是抒志，彈琴在寫意，正為這隱士的孤高自負，而投以羡慕的眼光。但想到陶淵明的那把無弦琴，「但識琴中趣，何勞弦上聲」，和陶潛一比，才發覺王維的彈琴長嘯，還很在乎有人能否了解他，計較之心不曾完全泯去，仍覺得有點急切浮躁。

王維「人」是隱了，「琴」還沒有隱，而陶潛的「人琴俱隱」才真達到了空靈虛靜、逍遙自在的地步，原來隱士的可貴在於那份「趣」，彈琴長嘯仍嫌拘於形式的做作。

至於買新鞋的時候，有人不相信自己雙腳的尺寸，仍執著必須依照舊鞋的尺寸，為此猶豫不決，引人非笑。其實不如兩忘腳與屨的尺寸，便省去許多推算鞋大鞋小的假設，只要穿上去舒服就行，牢記尺寸，也太拘於形式了。

鞋新鞋貴都不如適合自己的腳重要，脫出各種形式的拘泥，心靈才能真自由。

逃名

安知朝隱非山隱

纔說逃名即近名

——明　吳玄　北發毘陵次答上于弟（衆妙齋集）

口口聲聲自稱：「名利早已經看開」的人，常常就是特別愛名利的人。他的話一面說給別人聽，一面也正在私下警告自己，嚇阻自己心頭蠢動的名利之念。正因見到別人名成利就的美好光景，而受不了潛意識中的嫉恨壓力，迫使自己念念不忘要標榜「逃名」，所以「逃名」常是愛名的人。

真正遯世的人，目的在保持世上稀有的風化節義，個人不被滔滔濁世所汙染而已。本著這個原則，遯世不一定要標榜到深山中去，古人說「小隱隱林藪，大隱隱朝市」，這話並不是替眷戀朝市的人，開一個方便之門，事實上能夠秉持內心的白璧無瑕，儘管紅塵滾滾，依然有一顆完整不磨的赤心，這才是真隱士。

「逃名」太形式化了，古人把逃山文學叫做「終南捷徑」，逃名而名隨，是另一種成名的途徑罷了。

甘苦

已抑驥心甘伏櫪
飽諳鶴性苦乘軒

——明　沈潛符　秋晚自慰　（清權堂集）

當一個人，真有十分而能甘心只表現七分，早點收心，雖不容易，卻很寬裕自得；當一個人，只有三分而被捧成十分，強要出頭，雖很威風，卻極尷尬痛苦。

人都有一部分馬的性格，如果我是良馬騏驥，我應該小心，不要在別人快意的掌聲中，驅馳不已，以致跑死。有時稍稍抑住逞能角勝的心，甘心像老馬伏櫪一樣，早一點享清閒之福，斂才韜光，會十分安全與快樂。

人也都有一部分鶴的性格，衛懿公喜愛鶴，封給鶴祿位，讓鶴乘在車子上，把鶴捧得像大夫一樣。當你了解「唳月騰雲」才是鶴的本性，乘軒的鶴，苦不堪言，是受罪而不是享福。然而世上有幾人能夠不為了討好別人耳目的玩娛，而自斷羽翮？不為了貪圖乘軒的虛榮，而仍牢記著凌霄自在的本性？

弱點

味當毒處方成美
恩到多時卻是嗔

——明　黃輝　戲贈袁中郎（怡春堂藏稿）

這可能是人的二項弱點：

一個走鋼索的人，趣味就在九死一生裡。在平地上拉一根繩去踩，萬無一失，反而索然寡味了。

看來許多嗜好，迷人的趣味就在有毒有害。與飆車的人談頭破血流、與抽菸的人談血壓汙染、與貪酒的人談酒精中毒、與嗜賭的人談傾家蕩產、與外遇的人談家庭破碎，都會得到相同的答案：「沒有這些嗜好，人還活著做什麼？」原來這些害處與刺激，正是不能少的趣味所在，愈是「毒處」才愈是「美處」，不然，人怎會執迷不悟？

有時候，恩情也正是憂惱的來源，有些深重的恩情，由於日常可得而變成機械化，往往司空見慣，視為當然，我們對它反而只有苛責，只有嗔怪，連起碼的感激稱謝都不會了。

冒進

官無起色奴多叛

人有飢容馬亦疲

——清　張問陶　歲暮自述（船山詩草）

一旦做了官，就像過河卒子，費盡心機，不停趨走，希冀能向上方擠。如果升遷有望，笑得最輕鬆的就是親信部下與童僕奴才；如果官無起色，任期將屆，下面的奴才不是私下和你畫清界線，就是向別人拋媚眼，暗中背叛你了。

一旦做了官，往上冒突很苦，不往上擠又不行，部屬對不肯冒進直前的上司，近乎痛恨，恨你不做他的開路機，追隨你，自己前程有限。你上臺有點風光，將要下臺的時分，密告信一大堆，讓你難看，甚至門上都有人倒墨水了。

所以騎在馬上的人，總是要裝著滿面紅光，馬跑起來才有勁，即將要下臺的官員，偏要提出個五年計畫、十年計畫，好讓部屬不至於心早散了。人在馬上，一露點飢餓的神色，馬也就會跑不動，如果主人到處碰壁，無以果腹，馬也會疲憊得毛色玄黃趴下來，沒把你顛翻下來，已經很客氣了。

本色

住山要乞安心法
呈佛何妨本色詩

——清　吳錫麒　雲林寺訪慧朗上人（有正味齋集）

學佛要求本心，寫詩要求本色。

二祖向達摩祖師說：「我心不安，請師父替我安心。」

達摩說：「把心拿出來，我替你安。」

二祖隔了很久說：「心不容易尋找著。」

達摩說：「我已經替你安心了！」

心既找不著，如何會不安？不安的都是妄念罷了。不識本心，學法是無益的，本心原來是不思善不思惡，湛然常寂的本來面目，找到了本心就找到了佛。你是在山寺中常住的人，必然是已經識本心，除妄念。

用同樣的道理來論詩，最上乘的好詩，原來也是不施藻飾，不加造作，像碧潭秋月樣的本地風光。像項羽劉邦沒學習做詩，完全「白口直意」，全憑「自性自情，自吐自運」，不求裝飾，不作模擬，垓下歌與大風歌反而獨立於天壤之間，千古不能磨滅，徐學謨說：「一有習心，天根頓翳。」就是背棄了本心本色呀。如果我有一首詩要呈給佛，還需要藻飾造作嗎？

詩與修養

一般敦品勵志的書，都是面目冷峻，神態嚴肅。讀這類書，都像走進深深的廟宇或教堂，要人懺悔流淚，要人忸怩不安，難以坦然接受。

但若改以詩句的形式，軟性一些，便覺得日常親切，感人至深。因為句子簡短濃縮，便於記誦，且情味深長，像親密摯友的叮嚀，令人樂於聽從。當然，詩最怕帶有說教，但詩人自我的惕厲與省思則例外，往往引起廣大的迴響。

魚龍

龍若久懷霖雨志，
不應蟠一小方池。

——宋　宋伯仁　玉泉寺金魚（西塍集）

常聽人說：「他不是池中之物」，當然是暗喻這人是「龍」，不會長久在池中潛蟄，遲早會飛上天的。不過，「非池中之物」的定義，若只限於個人的「在池」、「在天」，只限於個人所處位子的高低得失，意義就很有限。

「非池中之物」應該是對他「普施霖雨於天下」的一種期許，是對社會大眾的貢獻而言的。在小方池裡蟠居久了，最怕是眼光囿於小處，志趣圖於近處，日久成了井底之蛙，還在小池裡排擠異類、顧盼自雄，那就很可憐了。「非池中之物」應該是指他在卑微的時候，早就具備薰蕕不同的性向，賢不肖相異的志向，日日自勵，沒有忘記他自身的遠大責任與擔當。

中國人看到魚，常會想起「魚龍變化」，大概魚龍的出身，都很類似，在某些外觀的環境下，魚龍混雜，竟難以區別，魚龍的不同，乃在內心志趣的差異上。要談修養，志趣乃是修養的第一步。有人說：要比較兩個青少年的高下，不在出身貧富，不在學業才能，而在器宇與志向，以及是否深知自己的價值。如果要比較中老年人的高下，則在對自身的修養如何，對別人的貢獻多少！是魚是龍，就看他究竟是只為自己、隨波上下；抑或能雲行雨施、兼善天下。

精神

腹有精神方學道，
面無塵土始言詩。

——元　仇遠　子野雪後寄和　（金淵集）

談到修養，其方法是「打起精神」，其目的是「改變氣質」。還沒開始學道的人，毛病在沉淪不醒；等到知道學習以後，毛病在因循不進。想要學道，首先得鼓起滿腹精神，問清楚自己：是否真的要求明天的自己比今天好？即使學的是遁入空門的道，面壁打坐，也一樣要抖擻精神，凝聚定力，更何況是洗面革心，不蓄聚大勇氣，全力以赴，難以有成功之期。

古人說「三省吾身」，或說「見賢思齊」，對內對外，心中都有一把具體的尺度標竿，隨時度量自己，效法他人。不浪擲有限的時光，不追逐無限的物慾。把自己看作是一面昏沉的鏡子，要肯磨能磨，不要自以為「夠亮了」，就像雲間的明月，亮過了也會再暗，所以時時勤掃塵埃，嶄露精神，才是修養學道的不二法門。

古人學習時注重身心氣質的培養，今人學習時注重名利的攫奪，但是名利往往攪毀了氣質。《淮南子》裡說，就像端一盆水到庭中，澄清了一整天，還未必能照見眉睫，但是一撓動，就立即方圓都照不見了。澄清就如改變氣質，撓動就如競逐名利。一心名利，滿面塵土的人，書香德馨，奈何他不得，古人有詩道：「誰箇不讀孔孟書，到頭書我不相如，半生嚼蠟全無味，縱破五車也是虛！」面上的塵土不除，即使「腹有詩書」，也不會「氣自華」的。

止謗

此日未逃衰俗口，
幾時眞及古人肩。

——元 佚名 佚題

末世衰俗的人，嘴巴都很涼薄，嫉妒心又重，隨你怎樣努力去做，總有人愛作相反的評價。「從來蓋世勳，必受羣小詠」，功勳蓋世，謠詠更多。

面對這些批評詆毀，你想逃，是逃不掉的，你愈在乎別人的批評，批評就愈具備殺傷力，最後可以逼得你為別人的批評而活。

有的人高明一些，持著自己的定見來面對批評，心中暗暗念著口訣：「你生氣，他得意；你生氣，中他計；不氣不氣不生氣！」朝著既定的方針，管他橫逆的譏言，管他無憑的飛語，聽若無聞是最佳的對策。

當然，更高明的人是會抱著一種「求益」的心，心虛且細，把逆耳的話，不計虛實，不與爭辯，一一容受下來，以淘沙取金的態度，相信局外人的批評，往往有可採的地方，細細辨識謗言中的義味，才不錯過自己受益的機會。另一方面，私下每天與古代的聖賢相互勉勵，尚友古人，與古人並肩，這種在衰俗中卓然自立的氣象，自然會創造出一個天清地寧的世界。古來的聖賢早有「止謗莫如自修」的說法，這二句詩，也許是面對悠悠之口最好的策略了。

慎言

非干己事慵開口，
不受人情免厚顏。

——元 楊公遠 次趙篷窗歲暮（野趣有聲畫）

俗話說：「開口見喉嚨」，意謂一個人的學養才智，只要一開口，便展露無遺。因此在修養上，慎言是重要工夫，勿因說錯話而讓人看不起你。

話多不如話少，話少不如話好。洗煉語言，減少廢話，不關自己的事，最好少開口。也許有人說：當今民主時代，重要的是發言，播出自己的聲音，嶄露自己的頭角，表明自己的立場，應該多說話。也有人說：民主時代重公德，要視大眾的事，就是自己的事，所以人人要多管閒事，發揮公共輿論的力量。

這些說法，和「非干己事慵開口」，並不矛盾，個人的立場與公眾的福祉，原本與自己密切攸關。而且，民主時代，發言往往成為大眾環視的焦點，影響民主決策的走向，更應該有負責的態度，慎重發言。古人說：「多言取厭，虛言取薄，輕言取侮」，這些原則，依然十分管用。

至於「不受人情免厚顏」，可以接受別人的善意，但不肯多欠人情，這也是修養獨立人格的重要原則。獨立自尊，並不是與別人疏離，相反的，幫助別人，也接受別人的幫助，在「施」與「受」的往返中，增進雙方的快樂。

當然，人在脆弱困難的時刻，容易對伸出援手的人特別感激，這時，就得留心，古來許多名人，都在這個時刻接受奸雄的援手，以致終身無法擺脫，所以不過分接受人情，乃是自尊自立的好方法。

轉折

牛未出欄終土塊，
驥思歷險出風塵。
——明　曾異　佚題（紡授堂集）

曾異這兩句詩，被清初的葉矯然批評為「鄙俚不堪，幾墜惡道。」字面的確鄙俚，但曾異的詩，富有特殊的創新想法，細思這兩句，是想道出生的大道理。

今日大家才明白：「成功的人不是贏在起跑點上，是贏在轉折點上。」成功的人，在一生中至少有一個重要的轉折點，甚至二個三個。沒有轉折點的人生平平順順，沒有故事，也就庸庸碌碌，穩靠而已，談不上創造人生的巔峰奇蹟。

日本有許多青年進入大公司，一輩子謹慎地巴住職位，成為終生在其中的忠貞幹部，一生鐵飯碗，但也一生不過如此。若從另一角度看，正如牛未出欄，老死欄中，未能任重力田，盡其所能，終成一堆土塊。如果你是千里馬，必須闖出欄杆，奔向無垠的天涯，幾番轉折，歷經風險，然後絕塵而馳，大顯威武。

人的一生，如果一輩子在同一屋簷下走出走進，是乏味無趣的，和泥塊也差不多。人生想傑出，成為大贏家，必須有轉折才有轉機，有轉折才能有大場面，有轉折才成就魚龍變化。若沒有轉折，幾時才能甩開那些庸常混日子的同事，自闢新格局，成為獨秀的一枝呢？

轉折有時是正面而成，由於別人提攜引導的機緣，順勢轉進，成就大業。或由於自我的奇想覺醒，急流肯退，經過試探、突破、蛻變而改道，終於長才大展。轉折有時是逆向而來：轉折點有時由於失敗，卻因失敗掙扎而立功；有時由於大禍，卻能轉變禍事而成福氣。

想要迴出風塵，自必屢經轉折風險。你想要把握住轉折點，得憑獨到的智慧、長遠的眼光、興趣廣泛的素養、大膽闖入陌生領域的勇氣、不怕跌不怕嘲笑的續航力，以及革除戀棧苟安的心態。

勤學

人生所貴在勤學，
明日讀書還閉門。

——明　鄧雅　夜宿孤山次韻　（玉笥集）

人在不斷勤學之中，每天才有新的力量注入，人就像有源之水，泉流清激；就像有根之木，枝葉芊芊。一旦停止了學習，木會枯萎，水會發臭，人也會面目可憎了。勤學不限於做學生的求學時期，離開學校以後終生可以勤學。

勤學讀書，是不是一定要「閉門」？倒不一定。然而遠離囂鬧、專心一致、耐得住寂寞，少往熱鬧裡鑽，乃是必須的條件。治學修煉，本來是條漫長的寂寞道路，「賈生須閉戶，董子不窺園」，相傳賈誼讀書，就發憤而閉戶不出，董仲舒讀書，下帷潛心研究，三年之中，連園圃都不窺一眼！賈誼、董仲舒發憤讀書，不是為了考試成績，不是為個人利祿。賈誼通曉諸家的書，深明三代與秦治亂的關係，匡建政事，復興禮樂，其論甚美。董仲舒三年不窺園後，精研《春秋》，制定明確的法制，使上可以持一統匡正國家，下可以明白所守所從。仲舒輔相的兩個諸侯——易王、膠西王——原本都是驕橫的人，但因敬從仲舒，兩國都被治理得很好。勤學的結果是為了貢獻造益於天下。

明初的陳孟潔在青年時代讀書時，寫了一首詩道：「十年勤苦事雞窗，有志青雲白玉堂，會待春風楊柳陌，紅樓爭看綠衣郎。」結果被劉伯川笑說：「原來你十年雞窗前讀書的勤苦，只求博得進士，能讓紅樓上的女郎爭相一看呀！」由此看來，一個人志趣的高下決定他未來事業的大小。

從容

無營心澹泊，
蚤起事從容。

——清　陳廷敬　佚題　（尊聞堂集）

「從容」是人生素養中很難修煉成的丰采氣度，包括四方面：儀態上從容有常，事態上從容不迫，心態上從容無為，神態上從容自在。

陳廷敬提出「蚤起事從容」，蚤即早，乃從時間上著眼，和古諺語：「早起三光，晚起三慌」同義，早起的人容貌光鮮、衣著光淨、居家光潔，指的是儀態有常，合禮得體。晚起三慌，人慌、車慌、飲食慌，奔跑喘息，有約遲到，事事慌亂，兼指事態迫促。如果能早些起床，凡事有準備，有秩序，井井有條，百事從容。英國諺語說：「睡得早，起得早，聰明、富裕、身體好。」早起還能強身富家而聰明呢！

他提出的「無營心澹泊」，指出了「從容」的根本來源，是心態上的「無營」，不必費心經營豪宅巨院，不必累積財富珠寶，不必爭取排名先後，先把心澹泊下來。正合乎莊子「從容無為」的主張，一切因順自然，不事勞心作為。

陳廷敬是大學士，在文淵閣行走四十年，每天過著品詩寫詩的生活，他寫著「好春臨水灣灣好，明月隨人處處明」，處處正向思考，得閒就樂。又寫「秀句自吟差有味，好書多讀可忘貧」，有景可賞，有書可讀，有詩可吟，還要營戀什麼？

皇帝對他始終「恩禮不衰」，同時的達官無人能及，就靠他「無營澹泊」，安然自在。他性尚含蓄，持論中道不立異，他屢次刻了自己的詩集，不給別人看，到了臨死前二年才命門人合編成書。他不炫耀才華，不與誰有門戶意氣之爭，遇到委曲，不解釋，知道別人隱私，一切包涵不說破，「安息其聲」，也是寬宏大量的神態自在的從容。史書上稱讚他「從容載筆典、司文章」，史書上對達官評價「從容」是極少的。

留餘

避炎榻勿移當露，
閂捷帆休使盡風。

——清　招茂章　寄叔兄絢雲（橘天園詩集）

《警世通告》裡錄的四句諺語：「勢不可使盡，福不可享盡，便宜不可占盡，聰明不可用盡。」早成為中國人的共識，還有人加上：話不可講盡，路不可走盡，本事也不可用盡。都在勸人以「留餘」來惜福積德。

「福不可享盡」，若用詩的語言來說，可以是「避免榻勿移當露」，避暑怕熱，貪享清涼，也不要把臥榻移到當露的洋臺，那裡容易感冒生病。有福享盡，過了頭，禍事跟著來。

「勢不可使盡」，若用詩的語言來說，可以是「鬥捷帆休使盡風」，不要為了爭先鬥氣，把帆拉滿，使盡風力，順風船篷太撐足了風，弄不好整船打翻。有勢使盡，過了頭，禍事也跟著來。

朋友斷交，不出惡言，後來好再見面。公司離開了不多批評，將來可能又合作。狠話滿話少說，世路留下餘地，往往成為自己日後的下臺階、迴旋處。有福不肯享盡，有勢不肯使盡。當然要先養成隱忍自制的功夫。

謙虛

毛生初作平原客，
莫便輕他十九人！

——清　沈受宏　送毛亦史入都　（清詩別裁）

送姓毛的晚輩入都城去，用一個「毛遂」的典故勉勵他。

「毛遂自薦」是一個家喻戶曉的成語。當時平原君為了救趙國，在門下客中想選二十位文武兼備、智勇雙全的壯士，去抗衡楚國。結果只挑選出十九位高手。毛遂當時在門下沒沒無聞，毅然自薦，起先另外十九人看不起他，後來毛遂當面怒叱楚王，脅迫楚王歃血定盟，出盡鋒頭，使得平原君大大誇讚他道：「毛先生以三寸之舌，強於百萬之師！」而原先不可一世的十九人，都顯得庸庸碌碌，只能「因人成事」而已！

但是沈受宏勉勵毛亦史道：你這次入都城去，可能成為達官貴人的上客，但是千萬不要一做毛遂，便滿臉驕氣，馬上看不起老資格的「十九人」呀！深怕他輕易成功，暴得大名，傲氣會毀掉一顆新星！「縱使有才謙更好」，不是嗎？

《易經》上幾乎沒有一個卦是六爻皆吉利的，剛陽的乾卦也會因「亢龍」而有悔；柔順的坤卦也會因「括囊」而晦藏，只有自卑而尊人的謙卦，六爻都是吉，都是利，謙虛，實在是一個人創造福氣的泉源。沈受宏將毛遂的典故翻一筆來寫，告訴這年輕人，不要鋒芒閃露後，就對老成者投以不屑的眼光，給青年朋友的警惕是很深遠的。

詩與生活

生活是詩的溫床，詩是生活中的花籃。若不是從生活中錘鍊出來的詩句，沒有血色，是蒼白的無病呻吟；而缺乏詩意投入進去的生活，缺少靈氣，乃是機械而庸俗無味的。看看前人日常生活中的旅遊、家居、自然、親情、工作、退休等，如何將其中的辛苦悲歡，化成了詩，又如何讓詩道出了生活的美學：

滌耳

一聲紫陌才回首，
萬里青山已到心。

——唐　吳融　長安里中聞猿（全唐詩）

在夾巷重門、擁擠喧譁的都市裡，忽然聽到一聲猿鳴，野趣便襲上心頭，猛一回頭，帝里紫陌幻化成了萬里的青山，這是大自然的召喚，澄清了蹄轂下揚起的紅塵，令人覺得沁心悅目。

迷人的大自然，在孩提時代看它，它像遊樂場；到中年時代看它，它像新鮮的朋友；直到晚年再看它，尤其是經過市朝紅塵爭名奪利的一輩子，而今冉冉老矣的人，眼中的大自然，就是真正的家，回歸大自然的恬靜安適，必然載欣載奔，像投入母親的懷抱中了。

一聲猿鳴引來了萬里青山，召喚著奔向大自然，享受大自然，大自然的神奇、雄偉與秀麗，足以醫狂、醫腐、醫俗，泉石溪木、山光雲影，樣樣滌耳清心，能撫慰一切塵俗中的創傷。

上策

上策莫如扃户坐，
若閒猶復取書看。

——宋 陸游 冬日 （陸放翁全集）

無事忙的人，最庸俗。在「車如流水馬如龍」的都市人潮裡，人擠人，人看人，至少有一半人是不該上街的，只是不上街悶得發慌，無事忙才上街。

要過雅致的生活，提升生活的品味，最上策就是要修煉好能在家中默然端坐的好習慣，閉門扃戶，捺得住空暇孤寂。空暇孤寂的時候，才會取書來讀，書香才能浸透每個家庭。空暇孤寂時才會自我對話，反省自己，充實自己，發現生活的意趣。有藝術天賦的人，也只有在這個時刻，才會想到思想與創作。所以學會在家中閒坐，是以慧眼看自己、看世界的開始，也是自我成長的好時機。

捺得住性子在家中安坐著，除個人神氣清爽之外，整個社會交通的混亂問題、家庭親子的疏遠問題、家居布置的享樂問題、民生細節的情趣問題，才能一一獲得提升或紓解，「扃戶坐」原來是邁向精緻文化的第一步，難怪要說這是生活中的最上策。

遊樂

空鉤意釣魚亦樂，
高枕臥遊山自前。

——元　劉因　夏日飲山亭　（靜修丁亥集）

暫時斷絕人際的關聯，進入全新的時空位置，忘卻自己的身分地位，回歸天然山水的境地，做一個原始的尋常的自由人，那麼旅遊實在是享受生活的好方法。

旅遊不必責求效率，不必以多排名勝地點的數目為划算，也非要到某個觀光地點，才算過了癮囉。趕路賞景，不留充裕的閒適時間，最為俗氣。旅遊也不必強聽導遊者的聒譟講解，安排入坐，急急忙忙地做筆記，抱著課室裡科學求知的心情，未必有助於精神的鬆弛與心靈幸福的感受。

旅遊要沒有任務、不講效率，任遊一段，即飽賞一段美景，逐步換景，步步有即興的樂趣。在舟中，在亭裡，在近郊，在遠山，墊高了枕頭閒臥著，山色松香都奔赴身前來。這時候舉起了一竿空鉤，只用意趣去垂釣，毫無實利得失的念頭，才真體會到魚亦樂、人亦樂。

論心

時逢重九花應醉，
人至論心病亦蘇。
——明　李贄　九日聞袁中郎至喜賦　（明詩選最）

談話聊天是人生的樂事，而毫無禁忌、毫無目的，天南地北，隨興任性地聊天就最樂；至於知己朋友相聚，掏出肺腑，赤裸相待，靈心相照，青眼相看，更是無上的享受與快樂。一夕快談，夙病都可能霍然而癒。

聊天的條件，就在有空閒，就在不實用，大凡將生活的空間與時間，填滿了實用事務的人，聊天也顯得侷促緊迫，機械低俗，略事敷衍，無從盡興。如果聊天有了目的，是想巴結，是想利用，是想探聽，是想挑撥，是想借錢……聊起天來多累多痛苦？誰都想對這種有目的者規避與拒絕。因為唯有在悠閒與不具實用意義的時分，美才會湧現。

風雨之夕，剪燭夜話；重九之會，賞菊閒聊，奇聞趣事，但求盡興，無所不談，中間再雜坐幾位蘭心蕙質的才女，那就真不知此情此景是人間還是天上了。

親愛

百年但得不分離，
即是人生至樂時。

——明 王祖嫡 妾命好（師竹堂集）

一個女人的可愛，是在她的本質，而不是她對家庭做了多少事，有多少貢獻。同樣的，一個男人的可愛，也在他的本人，而不是在外界有多少事業與成就。事業心、成就慾旺盛亢進的男人，心裡只有升遷獲利的野心，又最會支配指使別人，要別人按照他的需求去過忍耐的生活。他不懂得人生的至樂，就在飽享家庭中的親情，而不一定需要身外有鉅富與功勳。

百年之中，不必找一個比你強的人在一起，而要與相互喜愛的人在一起，交換彼此內心的感受，提攜偶爾歧路的徬徨。所以平民夫婦能常牽手在一起，琴瑟和鳴，比封王封侯而夫妻相隔兩地的貴族要快樂；比牛郎織女一年一見的神仙更多情趣。

不要等戰爭、流離、貧苦、死亡的魔掌來拆開夫婦，再來怨歎相聚的不易，趁著親愛的人團圓的時分，親親熱熱，你左我右，你行我隨，建立一個靠自力就能完工的人間天堂。

上比

莫羨鴛鴦飛處樂，
還應未識鳳凰圖。
——明　陳禮　擬豔詩姬至賦（水鏡集）

水往下流，人往上比。有人以為往上比，才是策勵自己進步的動力，想想人家如何好，才能鞭策自己還不夠好，還不夠美。可是上比得太高，非但無益，更會破壞生活的尊嚴與情趣。

如果私心中懸一個「鳳凰和鳴圖」作為標準，我們給自己訂的標準通常是太高了。其實鴛鴦飛處的和樂，雙去雙來，雙遊雙戲，已足夠讓人轉移對神仙的羨慕。而想像中的「鳳凰圖」，身備五彩，徘徊千仞，非碧梧不棲，非竹實不食，只能帶給我們虛幻的自豪，誰有能力可以企及這種境界？標準訂得太高，會給自己過不去，別人也無法與你相處。

幸福未必在你想要將來得到什麼的烏托邦裡，幸福是在你適應當前已有了什麼的真實世界中，珍惜身邊已有的，別空想天邊未有的，只要鴛鴦真樂，何必空待鳳凰？陳禋的詩，不免自尋煩惱了。

退休

風波到此憑誰險，
歲月方多儘自由。

——明 陳寰 游觀音閣書壁（琴溪陳先生集）

現代工業文明裡的上班族，已訓練成上班工作的機器，一談到退休，如臨宇宙末日，就像機器要報廢一樣，原本鋼鐵般的身心，也塌將下來。初退休的一年裡，是最危險期，身心最難調適，自己唉聲歎氣，以為別人的眼光全都變了。於是有人百病叢生，更有人自感沒用竟至崩潰。

其實一生中愈是勞碌得厲害的人，愈應該提早完工、提早歇腳，你既然提得起，也應該放得下，早占些清閒的福分，多留些煙霞的約會給自己。

想一想，從此人間的擾攘離得遠些了，不再介入名利的爭奪，自然不會捲入險惡的風波；不再介入寵辱的是非，自然沒有反側失眠的滿懷冰炭，放鬆緊張的生活步調，欣對漫長的自由歲月，林泉走走，清風處處，了無雞蟲得失，不再憂讒畏譏，「贏得白頭閒處坐，一竿風月有誰爭？」有一天清閒即享一天福，二十四小時，全由自己支配、花用，有了閒情，一切景物自然都美麗起來。

退休是一生的完成，而不是一生的完結。

養鬚

強尋書味圖遮眼，
小助詩情學養鬚。

——清 張問陶 歲暮自述（船山詩草）

養鬚有助於笑，捋著白鬚微笑，這種滿意的姿勢真美。養鬚也有助於吟詩，不過，為了吟妥一個字，撚斷了幾莖髭鬚，寫詩的閒情加上了這偉大不朽的願望，就未免有點艱辛苦澀。

禪師拿佛經只作遮眼之用，他明白，想用苦讀鑽研佛經的方法去成佛，那讀經也就成為禪師的痛苦與障礙了。所以懂得把文化藝術作為享受的人，就會像陶淵明那樣，讀書不求甚解。讀書的目的，只在尋求趣味，且把讀書寫詩都當作遊戲與消遣，純然是個人內心的需要，古來有許多隨寫隨丟的詩人，最具有瀟灑的胸襟。如果讀書寫詩的目的，夾雜功名利祿、夾雜學分考試、夾雜謀職養家，那麼強記博聞、隨興述懷，都會變成痛苦的負擔。

享受生活與苦學成名是不同的，它們不在同一個層次，要享受生活必須離開刻板的效用的觀念，先在內心「養得一段悅機」最重要。

工 作

從知三萬六千日，
半是東西南北人。
——清 鄂爾泰 滇中回宿易隆（清詩別裁）

一年三百六十五天，百年三萬六千日，百年的人生，其中一半的歲月，如踏雪的飛鴻，東飄西泊，南北奔波，最後什麼也沒留下，誰能不對工作地點的頻頻調動，無法安定棲息，而沒有些許感歎與抱怨？

世上的無奈是：有的人沒有工作；有了工作的人，一半都不是自己真心喜歡的性質；就算有了喜歡的工作，能力又是否配稱呢？有能力做喜歡的工作，而工作的地點又要長途奔跑不如意；很不容易，機緣都湊合，工作及地點都合意的人，你以為他十分滿意嗎？唉，他又覺得死守一角，沒沒無聞，缺乏馳名海內的機會。所以工作不穩定的人固然在歎氣，而工作穩定的人也在歎氣，你很難找到一個滿意工作而起勁得處處生風的人，能做一行不怨一行，這人該有多瀟灑？

能自由自在地做真心喜歡的工作，並為工作著迷，將工作與自我完成兩者合而為一，萬人中難得的一人，那是屬於造化特殊的安排與恩賜，朋友，如果你真喜愛你的工作，那就太令人羨慕了。

詩與處世

處在今天的世界裡，說安樂，也真安樂；說動亂，也真動亂。變化急遽，刺激強烈，心理有病的人，比比皆是。你向我白眼，我向你動刀，並沒有多少仇恨，只是怨氣流衍，處處暗伏著不平之氣，難以呈現祥和的局面。如何來平衡身心，修養德性，看看古人怎樣面對挫折、抑鬱與狂傲，含忍轉化，這些待人接物的方法，是創造遠大事業所必須依憑的。

落榜

若教仙桂在平地，
更有何人肯苦心！

——唐　羅鄴　落第書懷寄友人　（全唐詩）

這是一位屢次考試失敗的人，而在落第當時寫給友人的詩。儘管落榜的羞惱壓低了他的頭，他不用酒來澆「愁襟」，也不作「憶山吟」來退縮還山，反而與一同落第的朋友，相互勉勵，說：「仙桂如果長在平地上隨手可折，那麼還有誰願意苦心努力呢？」

折桂代表考試，仙桂是懸在月亮裡的，攀折的人，理想愈高，挫折愈多，失望與打擊也愈痛苦。只有將追求理想的本身也作為樂趣的人，那麼無論理想達成與否，這追求過程中的凶險刺激，足令人生的樂趣高潮迭起，趣味無窮。

就像橫征海洋的人，怒潮洶湧，也正是樂趣的所在，如果沒有風浪的澎湃，哪裡還成其為海洋？如果沒有挫折和打擊，愈挫愈奮，哪裡還成為志士仁人的生活？

冷門

權門炙手炎如火，
詩社投身冷似冰。

——宋　戴復古　諸葛仁叟能保風節　（石屏集）

在豪門鉅富林立的時代裡，筆耕心織的寫作生涯，已經是很冷門了，文學園地裡也偶有「動獲百萬」的嬌客，那是現代寫小說、編故事的朋友，如果株守著「一生窮為聳吟肩」的詩人，只有收緊腰帶、飽嚼梅花的份了。

戴復古曾說：「詩不可計遲速，每一得句，或經年而成篇……」唉，在這個講速成、計效率、點字數、算版稅的年代，胡拼亂湊，一夕致富，文格卑下，讀者成羣。你忍心再聽什麼：「鍛鍊之苦，師友琢削之精……」唉，真傻！

然而戴復古卻在稱讚他的朋友諸葛仁，能站在炙手火熱的權門要路之外，保住風節，不干求拜謁，不獻詩肉麻，堅持自己的理想，成天只曉得在討論杜少陵李太白，甘心投身在與生計無關的冰冷的詩社裡。

冰與火對比得如此明顯，居然有人仍選冷門，難怪有人說：藝術家總帶幾分革命家的熱情。依我看，一個真詩人，還非得有點烈士的硬骨頭才行。

怒罵

烏不驚猜無忤物，
人多怒罵漸逃名。

——元 方夔 雜興（富山遺稿）

開放的心靈，沒有機詐，沒有焦慮，連鷗鳥都會飛來船頭，毫無猜疑。以這樣的心情與朋友相處，自由、接納、友善，並無實用的目的。因此也很少猜忌、很少誤會，日子會過得舒暢愉快，而省卻無謂困擾的重擔。

如果人不善於作自我的調整，建立良好的友誼關係，反過來總是敵視別人、貶低別人。愈有排斥感，就愈感覺被人群所擠退，也就愈會批評攻訐別人。愈批評攻訐別人，樹立的荊棘愈多愈密，愈不能突破這退縮的藩籬，以打破人際的僵局，良好的人際溝通關係愈渺不可及。所以人到了喜歡怒罵無忌的時分，自我的形象最壞，狂名駭俗，令人掩耳，日久只好把自己錮禁起來罷了。

如果想從這惡性循環的漩渦裡，拔出深陷的雙腳，那麼試試看，放棄猜疑的念頭，增加了解就會減少批評，增加愛心就會讚美別人，許多正念可以減少自己的壓力，改善了待人接物的態度，自然地，也就改善了自己的命運。

白眼

清尊對月孤懷遠，
白眼看人萬事非。

——明　魏裳　大別山對月　（雲山堂集）

月亮就像一隻巨大的白眼，俯瞰著塵世。一尊清酒，對著月亮，有著冥冥孤高的襟懷，帶些哲人遺世獨立的寂寞況味是可以的。但若長期孤憤，到了處處以「白眼看人」的地步，就很危險了。

那時關閉了感情的通道，也減低了生命的活力，老有一種被拋棄的感覺，終於在心底發狠地宣稱：別人都拒絕我，我也要拒絕這世界。

白眼看人，世界是漆黑的，萬事都只往壞的方面想，挑起敵意，對人人都不寄以希望。

白眼看人，眼光裡充滿了惡意的批評，其實惡意批評常常是不肯付出關懷，而缺乏信任與了解的結果。

白眼看人，眼光裡都是貶低別人的意思，目的在擡貴自身，高人一等。其實這種病態的競爭心理，反而顯出自身想要不經過客觀公平的比較，先發制人，以蠻橫來贏得優越於別人的論斷。說穿了，這乃是心虛懦弱的證明罷了。

白眼看人，眼光裡盡是冷峻與疲倦，毫無解決問題的誠意與信心，冷漠等於宣布絕望，宣布放棄改善的努力而任其癱瘓。所以白眼看人的狂傲，乃是不能勇敢面對人際關係的逃避方法而已。

後輩

佳境蔗般偏倒啗，
人才薪積愧先來。

——明　江南錦　駟玉叔入學徵酒　（猊嶠書屋詩集）

人很容易高估自己的經驗，膨脹自我的形象，說一些「我們年輕的時代是如何有出息」的話，接著就搖頭慨歎：過去的日子何等美好，現代人是不行了。這種倚老賣老的心理，會對眼前的後生晚輩，加以蔑視。

從倫理的角度看，尊重前輩，是很優雅且禮貌的事，但前輩也不能老覺得今日不如昨日，晚生不如前輩。時代畢竟不停在進步，孔子早就說過：「後生可畏，焉知來者之不如今也？」以孔子的高明，還對後生覺得可畏，這是由於前輩性型已定，前程有限；而後生發展無窮，暫難量斷。

一個倚老賣老的人，動輒搬出「我走過的橋比你走過的路還長」，可能是不學、不長進的緣故。天天跟上時代，不肯稍事歇息的人，才真感到學術技能日新月異的壓力，誰的經驗都窮於應付，哪裡敢驕慢別人？

時代愈來愈進步，佳境像甘蔗倒吃一樣，愈來愈甜；人才如積薪一樣，後來居上。前輩的人如果故步自封，只想以責罵別人「乳臭未乾」來確保已有的成就水平，事實上只是競爭精神的墮落與扭曲，仰仗年齡得到的優越感，是非常脆弱的。只有深具自信，不斷進步的前輩，才有寬容而不嫉妒的眼光，肯承認後輩的成就，欣賞明天的美好。

節俠

只緣世上公平少，
遂顯人間節俠奇。

——明 張位 壽張柏泉七十（閒雲館集）

一個馳馬若流星、運劍如霓光的俠客，幾乎是每個人幻想中自己的化身。幻想自己擁有超強的武藝，能隱身、能飛簷走壁，能有祕笈與捷徑，賦予神奇的內功，無人能敵，總之，每一出手都保證成功。

俠客思想之所以廣泛盛行，可能有二個原因，第一是社會制度還不公平健全，許多能力財富強的欺凌弱者，這固然不公平；但能力品行差的偏占了好位置，這也不公平。弱肉強食，固讓人想拔劍相助；而「鴟梟偏是占梧桐」，也令人牙根癢癢，恨不能食其肉。於是許多人幻想能出現一位大俠，劍花飛處，血肉淋漓，痛快地盪平這種醜惡。

第二是人生的過程裡，總有許多挫折艱難，如果能藉異人的傳授、祕笈的指引，搖身一變，成就非凡，是許多人夢寐以求的登龍術。所以只要不平與挫敗存在，人間將永遠少不了想作這種俠客的白日夢。

然而現今是崇尚法治的社會，你即使有隱身術與飛簷走壁的能耐，除了搶銀行、報私仇、做採花大盜之外，還能幹什麼？你為了公平正義而幻想成為節俠，結果「俠者以武犯禁」，公然與法律挑戰，反倒成了社會的公敵。

至於想靠異人傳授與獨擁祕笈，不經艱苦卓絕的途徑，功夫自成，能一出手就成功，那就想得太甜太軟，這類不費力氣的陶醉念頭，只會腐蝕我們腳踏實地、埋頭苦幹的意志。

失路

明珠失路誰相盼，
美璞無名世未珍。

——明　莫雲卿　贈新安吳瑞谷　（莫廷韓遺稿）

一顆明珠，在黑夜裡投過去，別人還以為是惡意而按劍相視呢！一塊美玉，還蘊在石塊裡面，不曾切磋琢磨，誰會去珍視愛重它呢？人有時候，滿懷珠玉，仍得不到別人的賞識，免不了滋生懷才不遇的憂傷。

中國人講處世的學問，出處進退，最重「時」與「位」的時空關係。明珠而黑夜投人，或者以明珠去彈鳥雀，以致失路徬徨，這是時間不對，場所不對。美璞而被鄙棄如石，以致違時無名，當然也是時空的機緣不對。如果換一個時空，或許成了希代的珍寶與連城的價格，不知會贏得多少發亮的眼神，與嗟歎的讚譽。

所以人在懷才不遇的時候，必須保持壓不倒的自信心，價值原決定於自身，而不是決定於別人，不必太在乎別人瑕瑜的論辯，只要自身韞靈含光，努力磨礱成器，終有奇聲異彩馳譽人間的一日。目前的「時」與「位」還不投緣，但明珠美玉哪有長期被棄捐的道理？「是寶終知貴，的不負明眸！」總必有明亮的眸子發現你，不必為短暫的失路而徬徨！

下第

鄉路三千俱是水，
世情一半不如雲！

——明 王穉登 下第書懷（明詩選最）

自從有了考試，考試落榜的挫折，就一直折磨著下第者的心靈，令人兩腿發軟，雙目悲酸。

在返鄉的路上，得勝者馳騁著輕快的馬蹄，而我面前迢迢三千里，都是跋涉不盡的野水縱橫。回到親朋的故里，得勝者貼紅紙捷報，張燈結彩，會有多少人圍著談笑，而我深感著人情上炎涼的對比，連別人安慰我的話，乍聽之下，都像是諷刺。世情的翻雲覆雨，連縹緲的雲都不如啊！

當然，你如果愈往失敗消極的路上想，則失敗的形象也將緊追你不放！這時候，重要的是自己對自己的看法與評價，不要在別人的看法與評價下葬送自己的前途。你自己垂頭喪氣，別人當然跟著指點嘲笑；你自己灰頭土臉，別人也變得冷若冰霜。

放棄這些唉聲歎氣的感喟，不要嫌路程遙遠，不要嫌人情太薄，每天改想一些令人愉快而溫馨的事，使自己積極起來。如果你自己覺得有希望，有自信，心境開朗，眉目有神，照常昂首闊步，兩腳有力，改進短處，努力精進，成功只是遲早的事，誰能奈何你呢？

貞定

身外風雲從變換，
靜中魚鳥好飛沈！

——明 陳子壯 乙亥除夕 （南宮集）

國事在急遽地變，社會在急遽地變，惡意謾罵與街頭打鬥，搞得人心惶惶。謠言與歪理，瀰海漫天地壓來，使價值與判斷也隨之搖擺不定。

有人厭煩了這種暴亂血腥的報導，紛紛移民去桃花源躲避；有人氣不過這種黑白顛倒的說辭，竟有引火自焚來死諫的。總之，這緊急的風雲變幻，造成大眾心頭的迷惘意識與危機感，誰都不知道下一步會怎樣，於是歪歪斜斜，步伐不免有點凌亂。

然而定神澄慮地想一想，這倒也不見得全是壞現象，整個時代的潮流衝刷到這地步，誰也別想脫出這股危疑震撼之外。前程雖然懸疑莫測，但前程的可塑性也就最大，乃是我們最能發揮創造力的關鍵時刻。

任憑身外的風雲變換無常，而內心貞定的工夫就更需要修煉。讓狂風暴雨在身外吹打，而鳶飛魚躍的這片寧靜世界，仍穩守在內心。魏叔子說：「處亂世，能平氣，是大力量。」不必軟弱地躲往桃花源，不必剛烈地自焚死諫，而要以如來「安禪」的工夫，來制伏這暴急的毒龍。

詩與幽默

幽默不僅是生活的潤滑劑、調味品，也是智慧的靈光閃現，有時它更是苦難的止痛劑。

詩裡表現詼諧幽默，往往能掌握人性的共同點，營造一種似諷刺似醒悟的輕鬆氣氛，除了博得一粲外，也因警動的句意而帶人反省，因而引人進入雋永有味的妙境。

詩裡的幽默，總要有勘破人生的智慧，與突破陳俗的創意，讓人笑，笑出深刻的眼淚來，才算成功。

餡　草

城外土饅頭，
餡草在城裡，

一人吃一箇，
莫嫌沒滋味。

——隋　王梵志　城外土饅頭　（阮閱詩話總龜前集引）

城外的墳墓像土饅頭一樣，那包子的餡草就是城裡的活人，每個人最後各吃一個包子，不要嫌滋味不好呀！一個人送進了包子皮，一群人就圍著哭，哭什麼？每個可憐蟲都是餡子肉，相互送著，遲早埋卻，你送了別人，別人也送你，如此而已。

有一天黃山谷批評說：「自己既做了餡子，這包子就不該再自己吃呀？」蘇東坡同意說「對對對」，就把後面二句改一改，改作「預先著酒澆，使教有滋味」，他勸城裡一大堆現成的腥羶餡子肉，在世時多用些酒澆灑，能讓將來的包子餡味道好一些。

佛家總是教人把死擺在眼前，教人時時記著這件死生大事，貪嗔癡妄才會淡下來，例如「人生能幾時，朝夕不相保！」「縱得百年活，徘徊如轉燭！」或用威嚇，或用比喻，但都不如這首幽默的詩，把人人畏懼的難關輕鬆化了。

空想

謂言世無雙，
魂影隨他去，
狗齩枯骨頭，
虛自舐脣齒！

——唐 寒山 儂家暫下山（寒山詩集）

看到一位漂亮的麗姝，羅衣緋紅，容顏如仙，她的舉手投足，簡直可以勾魂攝魄，愈看愈入神，連自身的存在都幾乎忘記了。推許她是絕世無雙的美女以後，更為之魂夢顛倒。

事實上並沒有從麗姝那邊得到了什麼感情的訊號，可能連一顰一笑的情意相通都不曾有過，完全是癡愛染心，自己陶醉在想像裡罷了。這好像一條狗，啣著一根年代久遠的枯骨，流了不少口水，枯骨不曾提供絲毫獸肉的滋味，而完全是自己的脣齒摩擦自己的口水，愈摩就滋味愈好罷了！這個譬喻，已夠諷刺。

佛家更有所謂「白骨觀法」，無論多美的天香國色，觀照她三十年後就成白髮婆，像精魅般老醜了。百年後更是一堆腐臭的白骨。「本是尿屎袋，強將脂粉搽，凡人無見識，喚作一團花！」即使切身抱住這百年後的枯骨，還以為是短暫的溫柔鄉，也不過是眼耳鼻舌與皮膚一時的幻覺，更何況抱也沒抱住，就弄得心搖神移，只在自慰的口水裡空想那美味呢！

貪金

渴飲潁川水，
飢喘吳門月，
黃金如可種，
我力終不歇！

——唐 劉叉 代牛言 （全唐詩）

幽默有時是一種嘲謔，對普遍人性弱點的一種嘲謔，雖然也刺痛了自己，但會引起會心的微笑。

人貪婪財物，偏不說人，而「代牛言」，說一條飢渴而疲於奔命的牛，渴的時候，多麼希望牽到潁川去，能喝潁川裡又清又多的水。飢的時候，偏沒有糧草，為了吳門昇起的月亮，以為又是太陽昇起，害怕天亮又需工作而喘息不已。雖然飢渴疲憊如此，但如果說黃金也能像稻麥那樣播種繁殖，那這牛仍願意拿出拚死拚活的力氣大聲道：我的力氣還多得很，用也用不盡的！

「見錢眼開」，「要錢不要命」，都說得太率直，太無情。「黃金如可種，我力終不歇」，代牛作答，只要有黃金，垂死的眼睛，也會迴光返照地亮一亮，生命最後的力量，也會被激勵鼓舞起來！這條衰竭可憐而仍盼望著能加班來種黃金的牛，讓我們在嘲笑之時，不免也為奔波賣命的自己，滋生一股憐憫可笑之心。

名妓

名妓過時多事佛，
貴人極欲始求仙。

——明　沈德符　偶感　（清權堂集）

出名的歌星、明星、交際花，等到繁華散為過眼的煙雲，成了「過氣」的名女人以後，往往煞有介事地這裡獻金拜佛，那裡聽經算命。

一個人在社會可以接受的面具後面，如果還隱藏著許多複雜而令自己臉紅的生活，縱慾的越軌行為做多了，就會興起絕慾的念頭，來自我懲罰。在佛燈前喃喃自語，坦白承認內心的罪惡感，希望在坦白後獲得赦免吧？即使不能赦免，也自覺減輕負擔不少。

也或許，紅顏易老，琉璃易碎，名妓對天下美好的事物，不能長久，這種「無常」的感受特別切身而強烈，才來虔誠拜佛。而貴人，卻視既有的榮華富貴為當然，力圖長期保持，長期享用，不容消失。可惜人在「要什麼就能有什麼」的滿足裡太長久以後，反而會從感情的虛無跌入萬般厭倦無聊裡去，人間沒有再需希求的東西，只好去嚮往吸風飲露，煉丹求仙。

其實我們能過一個無愧無怍的生活，保持心靜神清的境界，那境地離仙佛也不遠了。佛與仙，都在自己內心的，明妓奔走事佛以求寧靜，貴人極欲求仙以求長生，冷眼看去，有點好笑。

燒豬

奈何許？祈雨燒猳豬，
活活爲晴死！

——明　曾異　讀曲歌　（紡授堂集）

幽默是智慧激發出來的電光火花，在適時、適地、適情的剎那，一經拈出，趣味盎然。有人想要學習模倣，傳播複述，由於時遷景易，早落入僵死陳腐的第二層，也許一點也不好笑。所以幽默的妙處就在機智與創意，反芻別人的笑話，變成了傳聲筒，那只是假幽默。

幽默常用的方法，是一語雙關，使原本毫不相涉的事物人情，突然由字音、字義，或字形的雙關，牽扯在一起，也能產生趣味。兩個牽扯的東西相差性愈大，愈出人意外，趣味性也就愈高。本詩的「豭豬」，是湖北方言「雄豬」的意思。為了祈求下雨，燒烤一隻大雄豬，這隻大雄豬，是活活為「晴」而死的。

「晴」當然雙關著「情」，一個大男人，活活為情而死，白白斷送大好的前程，把他說成求雨時的燒雄豬，比得不倫不類，但是那種愛情祭壇上的芻狗犧牲品，形容成豬頭豬腦，表現鄉土味十足的愚魯憨蠢，卻令人忍俊不住。

採蓮

大家採蓮若耶口，
綠波盈盈出素手，

房中雙子君莫剖，
勿以新蓮拋舊藕！
——明　陳鴻　採蓮曲（秋室編）

自從佛教傳入以後，蓮花的均衡、絕俗、吉祥、清淨，才成為超生彌陀淨土的象徵。在古代的中國，拿蓮花來作為愛情的雙關俏皮話，蓮就是憐，憐就是愛，採蓮比作求愛，採蓮曲裡寫下許多幽默的詩，增加生活中的笑料。

蓮房裡的「雙子」君莫剖分，雙子當然是愛情中的男女，蓮子剖開來有一條苦心，也即是戀愛的滋味。切勿因為有了「新蓮」，新蓮是新識憐愛的人，而就拋卻「舊藕」，舊藕是舊有的配偶。好像蓮是中國的愛情花，它的花、子、根、藕，處處雙關著男女的情愛，所以採蓮曲裡，是民謠情歌的總匯，比來比去，比不盡的萬千情意。

喜新厭舊，是人性的共通點，被人拒絕的滋味很辛辣，而把別人拋棄寧可背上另結新歡的罪名，那滋味也不會太甜蜜。在現實裡，這將是一幅哭鬧究責的家庭悲劇，但到了幽默的詩裡，卻變得輕鬆化，成為悟後一笑的止痛劑。

半身

天姿嬝娜十分嬌，
可惜風流半節腰，
卻恨畫工無見識，
動人情處不曾描！

——明　唐寅　題半身美人　（唐伯虎全集）

桃色的比喻或許很幽默，但幽默絕不專靠桃色來引人發笑的。幽默的界限只在那可想而不可說的邊緣，絕不說破，說破了就變成汙穢下流。但有人學幽默，卻專門收集黃色故事，弄得滿口黃腔，趣味卑下，別人起先還勉強忍受，一起笑笑，日久就人人不恥與他為伍，這就可以明白「開黃腔」不容易，需要很特殊的素養，只准輕輕點著，風趣的談吐與下流的臉嘴，就只差在那一點雅俗上面。

一張半身的美人像，天姿嬝娜，十分嬌媚，只畫到上半身腰肢處，已經風流動人，奪人心目。但最可恨的是：畫工太沒見識，只畫到半腰，最最動情的地方，卻不懂得繼續描下來！

《唐伯虎全集》裡說，這首詩是從唐伯虎的畫上錄下來的，其實這首詩據明人刻的《明詩選最》中，列為錢福所作，不是唐寅作的，可見那幅畫也是假的，詩也是假的。自從唐伯虎放棄功名以後，縱酒落魄，自稱「江南第一風流才子」，結果什麼點秋香、吃白食、題豔詩等風流軼事，有的沒的，愈傳愈盛，都集中到他身上來了。

指痕

嗔怒纔因半語訛，
臂彎零亂指痕多，
明朝翻向人前諱，
不許檀郎卷袖羅！

——明　王次回　臨行口占爲下酒（疑雨集）

因為半句話說得不對，引起她的嗔怒，在我臂彎處，零零亂亂地掐了許多指甲痕，到明天，紅痕全在，但在別人面前還要我隱諱這件受虐待的事，不准洩漏春閨裡戲謔的情狀，不許我捲起羅袖來展示那野蠻的瘢痕。

有人說：愛情是閒人的正業，也是忙人的閒情。明代的王次回、唐伯虎，都是對科舉正途絕望以後，胸中塊壘鬱勃之氣，借脂粉堆來發洩，愛情的篇章變成了王次回文學寫作裡的「正業」了，可見在笑謔的背後，也藏著一份佯狂自汙的隱痛。

男女戲酒作詩，最能使滿室生春，但在中國詩裡是極少去描寫這種景象的。本詩將婦女抓掐的笑謔神態寫得如在眼前，而且不顧當時世俗的忌諱，一反「雅正」的格調規律，早把威儀令譽置之度外。這種灑脫的信口拈出，不須刻意安排，適時適景，往往叫人絕倒。但如果將遊戲人間視作正常的生活，那就是輕狂而不是幽默了。

書劍

豈有仙人還好劍？
繇來高士不知書！

——明　屈大均　答張桐題書院作　（道援堂詩）

一個還在勤練劍藝的人，總不會是仙人！一個還在埋頭苦學的人，也不像個高士。

八仙過海裡的呂洞賓，居然還執著寶劍，把二小龍王殺得一死一傷。其實既是仙人鬥法，一柄芭蕉扇，一個悶葫蘆，展現神通，哪樣不是犀利的法寶武器？還掛著佩劍晃盪，不免太小器、太沒有想像力了！後代人畫呂純陽仙人，手裡只拿一根拂塵，談笑間敵人就灰飛煙滅，這才有點像仙人的氣派。

高士也是一樣，埋首在書堆裡抄卡片、排資料，只像個苦讀的學生，勤奮勵學，引這本書，抄那段話，離開那未出茅廬就知道天下三分的隆中高士，還有十萬八千里哩！

高士有的是經世濟民的大見識，是活的學問；而書堆裡只有一些子曰詩云，是死的知識與原理。高士不必開口閉口引經據典，知識學問，早就化了，到了另一個層次境界。就像真正的仙人，連形迹面目都化盡了，自不必再扛著一柄笨重的神劍，扛著劍走來走去，豈不成了粗人武夫，惹人笑話！

仙就仙在不拘形迹，高也高在形迹俱化！

詩與創造

「創造力」是現代人追求的源頭活水，企業家把它視作企畫的瑰寶，文學藝術家把它視為創作的生命。創造力一萎縮，就只剩下仿冒、抄襲、注釋、語譯等低級的產品了。

「創造力」和「智力」當然有關，但智力常依憑學習的知識經驗為基礎，而創造力則往往不採用慣常的方式，別開蹊徑，自成新局，它是「智力」中最活躍、最珍貴的部分。我想詩是最需要創造力的文字，分析詩中的創造思考方法，可以認識九種不同的「創造力」：

發問

我嘗釋人悲，
我悲誰釋之？

我悲不自釋，
始悟釋人非！

——元 劉將孫 釋悲 (養吾齋集)

在陳舊的命意中，提出激發性的問題，推翻舊見解，發現新看法，這是第一種創造力。

像本詩說：我們看到有人悲傷就會去勸導，向來認為這種開導對別人有益處，足以解開悲傷者的愁結。然而有一天我們自己陷入了悲傷，這悲傷有誰能為我們來開釋？發現我們的悲傷絕不是別人的勸慰就能開釋，這才領悟到以前想開釋別人的愁結，豈不是根本不切實際的做法嗎？

「我悲誰釋之？」就是激發性的問題，這一聲吆喝激問，創造了另一面分析探索的空間，一般人是人云亦云的，反應在老習慣的軌道裡，有待這聲發問，問得人猶如振聾發聵，猛然警醒，原來愁像病一樣，別人無法替代，真正的愁，也不是虛言相慰就能濟事的。

又如大家讀了李商隱的詩：「嫦娥應悔偷靈藥，碧海青天夜夜心」，便形成了普遍的共識，覺得嫦娥孤獨、寂寞、後悔、無奈，而唐末的曹唐忽然提出了異議的質詢，他大聲問道：「嫦娥若不偷靈藥，怎得長生在月中？」這種以翻案語法激越地發問，都蘊含著創造性的思考。

假設

若使金錢堪買命，
世間應更少閒人！

——元　釋善住　遣興（谷響集）

用假設的方法，故意扭曲事實的真相；或用想像的方式，錯亂事實的訊息，這種「出人意外」，又「入人意中」的想法，是第二種創造力。

世界上的人，忙忙碌碌，都在為賺錢贏利而辛勞不歇，然而生命一終止，生是光光來，死是光光去，再多的錢，也贖不回寶貴的生命。所以世上儘管有太多的不平，但白髮與死，一直公平地用冷眼窺覷著世上每一個人。本詩的作者忽生奇想，用假設的語氣道：若使金錢可以買得壽命，那麼世間的閒人會更少了！誰曾想過：生命的長短如果可以用錢來購買，這世界上富人的面孔會變得多難看？詐財掠奪，會演變成如何瘋狂的場面？這種扭曲事實的假設，極需創造力。

又如元代劉因的除夕詩：「胸中有石補青天」，胸中不會有石，即使有石又如何像女媧去補青天？雖然詩中的石與天不過是一種象徵，但這種錯亂事實真相的想像，都有賴於創造性的思考。

矛盾

在天一月在江千，
千月還同一月圓，
水中月影原非月，
無所從來月在天。

——元　吳澄　印千江月來軒　（吳文正集）

並置一些似是而非的論點，教人從矛盾歧異中求出統一來，使原來對的或許不對，原來不對的或許對，這種思考，是第三種創造力。

寶月當空，天上一輪明月，千江的水裡就映出一千個月，這一千個月還都和天上的月一樣的圓。月是本體或自性，「在天一月在江千」，都是月的化身，說明了「一即一切」；「千月還同一月圓」，好像說眼前的一切，統攝於一月，處處是道，處處可以通達本體自性，說明了「一切即一」。這兩句都承認：水中的月就是天上的月。

但第三句「水中月影原非月」，認為逐千江而現形的僅是月的光影，光影並不是真月，又否認水中的月即是天上的月，到水中捉月，和到「鏡中求形」一樣，是見不著道和本體的，這和前面的意思產生了矛盾歧異。

但是結尾一句又說「無所從來月在天」，原來這個東方升起的月，是「無所從來」的，西方下沉的月，是「亦無所去」的，本體或自性的本來面目，既是無所從來，亦無所去，那麼月的「應物現形」，又何必一定是在天上的才真呢？結尾的一句，把這矛盾歧異統一起來了。一回說江月是月，一回說江月不是月，最後又說月是「等同虛空，無處不遍」的，有什麼是或不是呢？

變通

北去願風南，
南來願風北，
化工本無心，

安得人人悅！
——明　許夢熊　舟次儀眞有感　（襟曰樓草）

培養容忍異見的胸懷，允許多角度地思考問題，此種變通性的特質，亦正表現創造力，這是第四種。

我想乘著風往北去，心中急急忙忙，希望船能快些到；然而也有南奔的船，同樣急急忙忙，希望能早些到達，揚帆趕路的人想法都一樣，希望天風幫幫忙，借把力氣，那麼天上的風，該向南吹，還是向北吹呢？

我向北去，願風從南邊吹來，那向南奔的人又願風從北方吹起，造化的力量最好是不要存有幫誰的心，幫了我，就得罪「我」以外的人；幫了你，就得罪「你」以外的人，幫了誰，都使更多的人不滿意，做老天的，如何能讓人人滿意呢？本詩作者還說：「若欲滿人心，天精亦勞竭！」如果想讓人人滿意，天的精神也必然會心勞力竭的。

世上的問題，往往是相對的，不要只站在自己的立場想問題，有時候也站在別人的立場想問題，更可以站到你我之外、一個廓然大公的「天」的立場想問題，變通一下思考的立場，多角度地去求解決之道，不但能使思考的空間放大，又能防止褊狹化與僵化，這亦正展示出創造力。

組合

蚌以珠自裂，
龜以靈自焦，
蘭以香自燼，
燭以明自銷。
韓彭將誰尤？
榮辱固所招！

——明 施篤臣 感遇之十三（觀物雜詠）

在不相干、不同類的事物中，找出統整的關係，聯想成新的聯繫模式，是第五種創造力。

在動物的鱗介類裡，取出蚌龜；在植物的花卉類裡取出蘭花；在民生日用類裡取蠟燭；在歷史人物類中取漢代初年的韓信、彭越，這些取樣都不同類別，原本毫不干涉。但蚌卻因為藏有珍珠，而自然招來裂死的命運；龜卻因為卜兆靈驗，而自然招來烤焦的命運；蘭卻因為有國色天香，竟被煉成蘭膏，在蘭缸裡燃燒自己成灰燼；燭卻因為能放出光明，每逢黑暗，便不斷被迫吐出焰火，終於銷毀了自己……

在這一連串「你有什麼優點，你就被這優點所斲喪」的通則下，發現了統整的關係，證明了一切的榮譽，即是招致毀辱的由來。更推而廣之，原來在漢初叱咤風雲的大將軍韓信、彭越，也不必為招來殺身之禍而怨尤了，誰教你們擁有如此雄偉的才幹呢？有榮便一定有辱，榮福愈大，禍辱愈烈，功成身死，都是自己招來的呀！這麼一說，使蚌龜蘭燭和韓彭，都聯繫成具有共同特徵、共同結局的新模式。西方教育家泰勒說：「創造力是將零碎或無關的訊息，組合成新產品的努力。」一本詩正可說明他的話。

類似

小小牆頭花，
本爲無名草，
接以牡丹叢，
頃刻即枯槁，

醜女一效顰，
徒使鄰家惱！

——明　田藝蘅　寫懷第六十三（香字初集）

忽然發現兩個異體異質的事物，有其類似點，加以比擬，大凡事物差異愈大，類似點愈難找，比擬出來也愈生動，顯示的創造力也就愈強。

本詩描寫一朵小小的牆頭花，原來是開在無名野草上的，雖然它不是春風中最得意的一個，但也在春風裡逍遙地自開自落，有一份自我的滿足與獨特的美。一旦妄想接枝到牡丹花叢上，頃刻間就枯槁而死！

這才明白：天生萬物，原本順著自然通性的法則，各自有一個道理，各自有一個標準，硬把無名草接到牡丹枝頭，這樣一面喪失自我的尊嚴，毫無自信；一面又極端地貪求，想變成別人。忘了真正的個人幸福，在於能快樂地適應現存的世界，而不是迷失了無名草的自知之明，妄想違反天然而與牡丹爭美的。

在如此的推理下，忽然想到：一位醜女東施效顰，想模仿西施的捧心皺眉，徒然令四鄰氣惱好笑，得不到西施的迷人效果。女人和花的聯想，本來很普通，但經過了一番曲折的心思，尋出「牆頭花」與「醜女」中間想扮演別人的類似點，加以比擬，就成為一首好詩。

翻　新

一簣方成鬢已斑，
又來教子去移山，
移山原是愚公事，
笑煞愚人不肯閒！

——明　丁紹軾　自嘲　（丁文遠集）

舊事或成語通用既久，就成了陳腔庸句，如何突破腦筋已固著的習慣，翻出獨特的新意，是創造力的第七種。

王安石曾主張「自出己意，借事發明」，蘇東坡也說「以故為新」，兩人的主張都是從「故言、舊事」中發明新的意思，比較接近詩裡的「翻案」手法。

譬如本詩就是從「愚公移山」的成語中，翻出新的意思來，他認為「愚公」畢竟是神話裡的人物，現世的人想學「愚公」，卻往往成為「愚人」！世界上許多人是「志大心勞」，許下了不切實際的「移山」大願，其實還剛移了「一簣」的土，兩鬢就已經斑白了！人生幾何，竟不覺悟，居然又把這超乎個人能力億萬倍的願望，教兒子再去做，難怪世上沒有人能閒一閒來享受生活的趣味了！

把「愚公移山」的神話，落實到世俗現況裡來，每個人自許得過高，把自我的目標和價值感，訂得漫無邊際，完全蹈空的凌霄壯志是十分迂闊的，徒然令許多人怨望終生，而沒有絲毫的成就感。拚命鞭策自己、賣命上進，不肯給自己一點肯定的評價，好像不如此，就要被別人摒棄，也會被自己蔑視，但卻永遠也達不到那目標，為此深深自卑與深感罪惡，這真是何苦呢？犧牲自己一生以後，還不甘心，還要兒子再蹈覆轍，向那迂闊的目標……

這種借舊事陳言，以發明新意的手法，是一種創造。

肇因

匣有朱弦不是窮，

莫將憔悴怨東風，

從來竽瑟非殊調，
只爲人間耳未工！

——明 方應選 陳箕仲小試不錄（方衆甫集）

姑且不論事實真相如何，故意別為推理，自以為是地另外尋出一個新的肇因方法，來解釋舊現象，這是第八種創造力。

譬如一般人勸慰考試落第，大都是勉勵他愛惜時光，分排日程，繼續努力，以備捲土重來；或者勸告他改變生活方式，擺脫無聊的嬉戲朋友，專心學業；或者更積極地說什麼「愈挫愈奮」、「失敗是成功之母」一類的話來打氣……

但是本詩的作者卻對「小試不錄」的陳箕仲說：只要琴匣裡還有朱弦，就比彈「無弦琴」的陶潛好多了，還不至於像陶潛乞食那樣窮，你不必在春風芳菲的季節中獨自憔悴的。我相信你的竽瑟一點也沒走調，只是人間的耳朵水準不夠罷了！

考試落第竟像演奏失敗，錯的不是自己的朱弦變聲調失拍，而是人間的耳朵有竅不聰，這種特別的推理，替落第失敗找到了新的肇因的緣由，這種說法未必合乎理智，但卻安慰人情，說法有點癡，但是很新穎。

敏感

春花語春風，
謝君膏與沐，
何事太狂生，
教儂枝上哭！

——明 張明弼 讀曲歌 （螢芝集）

運用極度敏感的感受力，增加想像，把事物的情狀誇張地傳達出來，這種感官上的敏感性，也可以形成創造力，這是第九種。

在詩人極度敏感的誇飾下，世界會變得極度人性化。本詩說春天的花朵對春風春雨道：謝謝你們的照拂與膏沐，只是這一陣「甜蜜」來得太狂驟太唐突，害得枝上的我不知是狂喜還是害怕，只好垂著淚珠哭泣！

「哭」，必然有了聲音，前面只說「語」，到結尾變為放聲地「哭」，春雨的膏沐潤濕，使枝頭飽含著水珠如淚眼，原是視覺上的，但詩人的敏感性，卻誇張成聽覺上有聲音的哭與咒罵了。「何事太狂生，教儂枝上哭」，完全擬人化，春花像一個情竇初開而不曾見過世面的小姑娘，偏遇到了又急又狂的冤家，只有哭著咒罵這個「太狂生」！

詩人的敏感性，創造了這個全新的穠麗的有情世界。

詩與友情

中國人是世界上最重友情的民族，朋友中有把臂之交、有知心之交，還有刎頸之交。朋友的類別也不少，有豪友、有直友、還有死友，當然也有奇文共賞的「雅友」，有佳日相呼登高的「逸友」……各種的朋友，讓我們享受友情，砥礪志趣，豐富了一生的生活。

然而要想交到知己的朋友，往往是自己先得具備成熟的性格，反過來說，凡是具坦誠、能包容、有熱忱、富幽默、「悅己」而且又能「信人」，有這些成熟的性格，極容易交到知心的朋友。古人討論友情的詩極多，值得一讀：

求友

求友須在良，
得良終相善。

求友若非良，
非良中道變，
欲知求友心，
先把黃金鍊。

——唐 孟郊 求友 （孟東野詩集）

孟郊似乎是討論交友問題最多的詩人，除了這首〈求友〉詩外，還有〈勸友〉、〈審交〉、〈結交〉、〈擇友〉、〈投所知〉、〈衰松〉等詩，都對交朋友提出了看法。

這首詩裡，他認為求朋友要慎擇良友，良友耐久而能到頭皆和善。賈島也說過：「掘井須到流，結交須到頭。」如果交友不良，缺乏真誠，一定中道改變了情誼，甚至翻臉反目，所謂「一有弗誠，必致怨尤，日復一日，化為寇仇」。然而要怎樣知道誰是良友，誰不是良友呢？孟郊主張先將交友的心，像金子一樣鍊成鏡子，清澈靈明，讓鬼魅無所藏形，所以說「先把黃金鍊」，是鍊成明鏡。

他在〈審交〉詩中又補充地說明：君子有芳桂的性格，春天繁榮，冬天更繁茂；而小人則是槿花的心地，早晨還在，晚上就不存在了。以時間與境遇的變遷來考驗，一試就試出朋友的良與不良了。

他在〈擇友〉詩中再度說明：良友是以「直道」的居多，惡人則以「巧諂」的居多。凡是不諂欺、不苟得、不狂大、不陷溺，臉上沒有嫉妒的吝色，心中不藏詐恨的憂鬱，心地堅實而光明的就是良友。

志趣

君去摩天學孤鳳，
我今飲海盤長鯨。
——宋　李彌遜　贈別竹西王彥升　（竹谿集）

曾國藩以為「擇友第一要事，須擇志趣遠大者」，志趣遠大並不等於功業遠大，功業成就上的相互提攜，固然重要，但「希風慕德」上有形無形的影響，使友情更加可貴。

你願學鳳凰的摩天，自有其成就；我卻效長鯨的飲海，也有其樂趣。你能尊重你自己，而獲得我的尊重；我也能尊重我自己，而獲得你的尊重。建立友誼，必得在「你很好，我也不差」的平等尊重的基礎上。

即使如葉良佩的詩：「十年傲我煙霞色，千里多君霄漢懷」，你以出世的「煙霞色」向我示傲，我也以入世的「霄漢懷」向你表示不服輸，儘管理想信仰不同，價值觀也互異，但是我尊重你「樂處江湖」，你也欽佩我「忠於朝廷」，兩人各有遠大的志趣，在野或在朝，一樣是好朋友。

所謂「志趣遠大」，實在是指充分的自信心而言的，法國諺語說：「自認為是螻蟻之輩者，為他人所蹂躪！」沒自信的人才沒有志趣，不配為人友，懂得自尊的人就是志趣遠大。志趣遠大不等於有勢有利，《文中子》裡說：「以勢交者，勢傾則絕；以利交者，利窮則散！」找志趣遠大的朋友，誤交到趨利附勢的人，那就錯了。

擇友

看花要在雪霜裡，
品士莫於文字間。

——元　王奕　和申屠忍齋韻　（玉斗山人集）

這二句詩說，賞花要在雪霜裡，才能欣賞到梅花菊花的好處。品論士人，要在有血有肉的生活裡，而不要光在文章說話上。這二句詩，也提醒了選擇朋友的方法。

光在說話文字上選朋友，會選到口蜜腹劍的人，選朋友要在實際的血汗生活中去選，經過雪霜患難的歷練，經過利害衝突的生活，才能選出真正的好朋友。

所以選朋友，不要只看他對於富貴有成的「我」怎樣，最好先看這位朋友對窮苦失勢的「他們」態度怎樣，先正語裡說：朋友雖然待我很好，但是他待其他的人，每多不情不義的，就不能與他為知友。因為他待我好，一定是有所「假藉」於我，等到我無可「假藉」的時候，他也會用不情不義對待我了。

再則看他對其父母兄弟姊妹怎樣？這些與他實際生活幾十年的人，一點也瞞不住隱藏的本性，最容易看出他真實的面貌來。對父母兄弟冷漠無情的人，斷難長久以熱絡多情待你的！他待你好，只是一時形勢使然，所謂「做人憑勢走，船轉靠風吹」，一朝風勢改吹，這些朋友全走光了的。

至誠

唯有至誠心一寸，
可通金石可移山！

——元　胡祇遹　陳元達鎖樹諫圖　（紫山大全集）

這二句詩的原義，是說「忠」，而不是在說「交友」，但是交誼如金石之堅的好朋友，稱為「金石之交」，或稱為「義結金蘭」，而交友的要訣，就在「至誠」，就在「忠信」，與本詩的原義可以通用。

「金石之交」的說法，漢初就盛行了，唐代的孟郊道：「唯當金石交，可以賢達論」，認為能維持金石之誼的人，本身就稱得上是「賢達」，因為忠於友情，始終如一，是十分高貴的情操。

所謂「義結金蘭」，在宣武盛事中記載，戴弘正每次交到一位知心密友，就寫在編簡上，然後焚香上告於祖廟，這個編簡他叫做「金蘭簿」。他把友情看作是必須祝告神明祖考的神聖感情。而「金蘭」二字，正用《易經》的句子：「二人同心，其利斷金；同心之言，其臭如蘭。」友誼的精誠，如金可斷，如蘭彌香，所以後人用金蘭比喻好朋友。

珍惜「金友」、「蘭交」的高貴友情，想維持長久，在內心要存一個「誠」字，表現出來要注意一個「謙」字，有了「謙」和「誠」，才不至於自以為「口直」而常常「失言」；自以為「疏懶」而常常「缺禮」；自以為「聰明」而常常「算錯」；自以為「位高」而常常「輕慢」，金石的友情，不是天生就注定了的。

歌哭

胸前千斛淚如瀾，
爲不逢君未可彈，
何日盡情拚一哭，
兩人相對卻成歡！

——明 邢昉 寄吳見末（石臼前集）

真正的好朋友，就是能在一起歌、一起哭，把萬斛感情都掏出來一起享受、共同承當的人。

所以沒有遇到你的時候，縱有千斛的淚，一滴也不肯輕彈，見到了你以後，就盡情地拚命一哭，哭完了兩人相對，才覺得抑鬱全消，正如雨過天青，蒼穹亮麗，獲得前所未有的暢快！

諺云：「朋友為我之半」，同氣同德的朋友，一旦分隔，真像自己缺了一半那樣，有委屈無人傾訴，有快樂無人分享，一朝相遇，你可以感覺得出他對你的尊敬與重視，你的任何事他都有親切的興趣，他都願做好的聽眾，你給他喜悅，他也給予同樣喜悅作為回報，讓你體會默契夠時，那種「心事一言知，肺腑都無隔」的舒坦與狂喜。

古諺又說：「良友者，兩世之福」，所謂兩世，是指今世與後世，人得了好朋友，今世藉以安慰鼓舞，藉以成德立業，死後藉以闢解浮言，藉以安定後輩。古人把朋友列入五倫之中，當然指的是這種同心一德的朋友，有千斛淚只為他傾瀉的朋友。

肝膽

與君相見倍相親，
忽漫分攜更愴神，
此夜高歌在燕市，

不知肝膽向何人！

——明　顧起元　送顧考敷南還　（嬾真草堂集）

有人說：「朋友多的人，就是一種富有。」然而朋友多了以後，輔仁成德的機會也多，那才是真的富有。不然雜雜沓沓，以凶為終，以隙為末，善始而不善終，輕薄紛紛，又何足算數呢？所以西諺云：「眾人可交之友，非真友也。」表面看來交際廣闊，而骨子裡翻雲覆雨，知交有幾人？眾人都可交往的，不可能是真朋友。

劉智在《天方典禮擇要解》中說：朋友有三種，蕩子以「戲」為友，叫做戲友；小人以「利」為友，叫做利友；君子以「義」為友，叫做義友。戲友以「縱樂歡洽」為目的，利友以「望施圖報」為目的，而只有以德義肝膽相映照的才是義友。

交到了肝膽道義相映照的朋友，相見時倍相親，分手時更愴神，今夜在燕市中餞別，高歌一曲，熱淚紛紛，一別君後，真不知平生肝膽還能出示與何人？顧起元另一首送別詩說：「門前車馬客紛紛，寶劍危冠總似雲，何事含情望天末？眼前無日好無君！」肝膽之交，眼前一日也少不得，一別君後，眼前儘管車馬來往，高冠寶劍紛紛似雲，但是我的眼神只含情地望著天末的你！

深交

離別早知如此苦，
交遊何必這般深！

——明 龔草堂 次韵奉嚴介溪 （明詩選最）

這二句詩，表面上似在埋怨交誼太深，以致離別時心緒太苦。而實際上是在誇飾兩人的情誼，再苦也是甘心的。

不過，中國古來的禮記中就勸人交誼要淡些，所謂「君子之交淡如水，小人之交甘如醴」，孟郊也有「至交淡不疑」的說法。因此，若有人初次見面，就要和你結拜兄弟，或是甘心拜作門生的，就要特別注意，這種人不會是好朋友。

為什麼交往要「淡」呢？因為相處交往，乍然間超過了尋常禮節，表現得「太濃」，必然後繼無力，吳懷賢說：「太濃難繼，並失前情」，反而把前面的感情都黯然抹煞，遠不如「淡而有恆」的君子之交。

再則交誼太深，很容易養成依賴仰仗的習氣，朋友在感情上是相互自尊而獨立的，一旦養成靠朋友提拔幫忙的心態，寄望愈大，必然怨恨愈深。明代的王宇在《烏衣集》卷三中說：「交不可太深，交深則望深，望深則怨深，古人所以甘絕交乎！情不可太多，情多則事多，事多則累多，道家所以重忘也！」的確，交友太深，你總有不能滿足朋友希望的一天，反而因情誼重而失望大，怨恨也深，真划不來了！交遊也不可太廣，太四海的結果，固然因人頭熟而得到不少便宜，但也因人情債多而事多，是非糾紛牽累煩心的也多，陳眉公說：「專務交遊，其後必致累己」。就像本詩的作者龔草堂交了嚴嵩這個權奸的朋友，與他次韻唱和，好處固然有，哪能不受牽累呢？

知己

乍逢知己歡猶昔，
久絕緘書話自長。

——明　方九功　過儀封張滸東中丞（息機堂稿）

知己朋友的可貴，就在友誼不因交往時間的中斷而歇息。儘管音訊不通，山川阻絕，但友情長存，永不變質。所以乍然重逢，知己間的歡暢，一如往昔的篤好，長久的書信隔絕，反而引來了更多新鮮的話題，談別後的種種，話兒再長也沒人打斷、沒人厭倦。

「人生難得唯知己，天下傷心是別離！」不是說平生得一知己，死而無憾嗎！

「把臂晤言誰不有？同心叔世似君稀！」把臂晤談時，最珍貴的是知己朋友有一顆相同的救世的心！

「交深多是肝腸語，坐久無非感慨情！」還在顧全自己面子，這不能說，那不便說的，哪能算是知己？把肝腸中的感慨一起掏到桌面上來吧！

有人說男人的友情，與女人友情最大的不同，就是男人重逢時就能「歡猶昔」，而女人往往不能。女性間的友情，無法長期累積，在一起的姊妹淘，友情達到沸點，可以共享一切隱私，但一旦分離了長時間，再度重逢，友情又得畏畏縮縮，重新開始，相互要用刺探的方式，明白對方際遇的不同，慢慢恢復情誼。與男人的友情在乍逢時立刻恢復當年的熱度，是不一樣的。這種說法或許不錯，但原因很多，主要是由於古來的女性不易有獨立的生活，情感也受境遇的變遷而不得不調整。方今男女平等，這種差異會縮小，男女各有知己，知己的朋友，自然不受別後境遇的不同而改變了友情。

老友

老去友朋眞性命，
狂來歌哭總文章！

——清 仲鶴慶 贈友（即山廬小集）

人經過了中年的哀樂，到了老年，朋友也愈來愈重要了。有人譬喻說：「真友誼像燐火，在你周圍最黑暗的時候，顯得最亮！」那麼老年的友誼就像夕陽，在桑榆晚景上，最能顯現晚晴的燦爛輝煌。

老年的朋友，際遇了盛衰之感，經歷了考驗之真，所謂「隔雲泥而不爽，歷風雨而不渝」，締交能保終始，可以如古人一樣，號稱為「耐久朋」。這些耐久朋，珍貴得如同自己的性命一樣，狂時又歌又哭，都是優美的人生大文章。

但是人到老年，新朋友不容易交，而老朋友卻最容易失去。死神病魔固然隨時攫走了朋友，而終身累積的小怨恨，到老年時往往缺乏耐性，一觸即發，把雞毛蒜皮的帳一起算起來，而人老了誰也不肯包含隱忍，誰也不肯低頭幽默，終至一語誤會，終身不再來往，老年絕交的情形，比青少年時更為容易，所以交友時的原則：「慎勿因其小者，遂忘平日大處」，到老年更要記住。尤其是交往密切的幾十年老友，小缺點、小冒犯，一定很多，既然交往了一輩子，大節不虧就很值得交往了，如果不肯忘記小缺點，而忽略了一生隆厚的友情，那會很可惜的，不是嗎？

詩與愛情

詩是靈魂的音樂，而情詩更是其中最刻骨銘心的一章，人類的社會不斷地演進、蛻變，但情詩仍然千古不變地扣動著你我的心弦，從失戀到摯愛，每個音節都是感人至深的。

中國古代的情詩，描寫熱情摯愛的較少。因為戀愛開始於婚後，大抵偏向於悼亡之作、棄婦之詞、征夫之怨、歌妓之篇，好像情詩裡都是悲苦的聲音，而摯愛的私情文字，很少公開流傳。

遙望

河邊織女星，
河畔牽牛郎，
未得渡清淺，

相對遙相望。

——唐 孟郊 古意 (孟東野詩集)

現代人的愛情，是在人前就擁抱接吻，不管別人嫉妒的。古代人的愛情卻是飽含著思念，只能旦夕遙相望見，不敢在人前表現出來。現代是赤裸的愛，古代是含蓄的愛，很難說哪種比較好。手未相接，眼能先知，不曾暴露的愛自有其神聖性，這種滋味，常常比擁抱接吻更深刻地密藏於內心，久久不忘，一生為之奮發運轉，成為人生之旅中最值得的一程。

河邊的織女星，河畔的牽牛郎，雖不曾招呼，還故意迴避，但早已相互留心著，當愛苗滋長，不可能在偽裝裡躲得很久，一定會顯示出來。

那時候的愛，是很溫和、很有耐心、不怨恨、至少表面上也不急躁，空自在想像中築起存有無限可能的城堡，是神祕而最甜蜜的一種。

冥 想

郎去無見期，
妾死那瞑目？

郎歸認妾墳，
應有相思木！

——宋 嚴羽 古懊儂歌（滄浪吟集）

情人在百無聊賴的時刻，就會以白日夢來消閒解悶。

白日夢是一種虛擬的冥想，用來滿足心頭的飢渴。白日夢有二種，一是成功型的，幻想著不能實現的希望實現了，暫時逃離痛苦的現實；一種是失敗型的，幻想著自己發生慘烈的事，希望變成一種對方日日面對的事物，來展現自己永續的懷念，從中也獲得些許可憐的安慰。

郎去了沒有再見的日期，妾死後哪裡會瞑目？豫想著有一天，郎終於歸來，來認妾的墳地時，骨肉早成灰燼，唯一不肯就此消失的東西——這顆等待的心——堅信會化成一株高高的相思樹，等著你，瞪著你！

冥想本來不是嚴肅的思考，但在夫妻的願望中，卻濃凝成嚴肅認真如石頭一般堅硬的相思木。冥想死後如何如何，作為讓對方永遠憐惜的替代品，也是失敗型的白日夢。

花枝

妾意似花枝，
願與春長在。
郎意似花陰，
逐日陰移改。

——元 耶律鑄 擬孟郊古怨（雙溪醉隱集）

花樣的女孩，像繁茂的花枝一樣，終其一生，希望在旖旎的春光裡，但願春長在、花長好。但是男孩們在這朵花前許個願，又在那朵花前發個誓，只轉個身，像花陰一樣，隨著日光的角度將許願發誓的對象逐步改移啦。自然嘛，短暫地去贏得一顆新的芳心，比長期地討好同一個人，要有趣刺激多了。

現在時代不同了，女孩不是花枝樣只能苦等別人的選擇，也可以主動選擇別人。雙方盡量多選擇、多相處了解，不像古代那樣被動與盲目。選定了，處久了，就會明白，愛是一種給予的情況，不計回報，只想讓對方快樂。在給予的同時，自己也收到快樂。現在的愛雖然自由，但泛愛就失去愛的真價值，泛愛只是一種空假的快感，真實的愛情，總是將愛踏實集中在某人身上的。

見日

妾怨歲時易，
歡恨征路遙，
兩心如積雪，
見日始能消。

——明　陳鴻　古辭　（秋室編）

有人說：「隔離使愛尖銳，相見使愛增強。」相愛的人，不要輕易離別。

鴛鴦相背地飛開，情人千里地遙隔，我怨著歲華消逝的容易，你恨著山水征程的遙遠，儘管心心相印，仍須一再忍受離愁的侵襲，勞心躑躅。其實忍受這種別魂飛揚的日子，等待的日子很長很難熬，代價是相當高的，收穫究竟有多少？張之奐有詩說得好：「相對在家貧亦好，夫君若箇盡封侯？」重視夫婦相聚的甜蜜日子，即使貧窮也很快樂，在外趨走的夫婿，有幾個覓得了封侯之賞呢？極少數真的拚到了封侯，因為流光容易，頭全白啦！因為征路遙隔，心也變啦！即使頭未白心未變，那遠方相思的煎熬又何如呢？

我倆的心都像積雪，見到了「日」才能雪消冰融，「見日」雙關看見到你的那天，直到見了你，才能解憂消愁呀。

紅 豆

江南紅豆樹，
一葉一相思。
紅豆尚可盡，
相思無已時！

——明 屈大均 紅豆曲（道援堂集）

數著紅豆勻圓晶瑩的珠珠，懷著相思中魂牽夢縈的心情，這是青春期間最大的憧憬與光彩，因為戀愛是年輕人的權利。紅豆可以數盡，相思卻永無了期。就人生的內涵而言，寧可失戀而相思過，也勝過安全而不曾相思過。

當然，青年人也不能只為了品嘗戀愛的滋味而去戀愛，墜入情網，不是為了過過送花寫詩的浪漫遊戲生活，而是要付出真情感去愛一個人。

付出真情感去愛一個人，需要成熟與責任心，不能單憑奇幻刺激，而是要付出人生極大的代價。愛的本身就是昂貴的禮物，上天給予世間男女特殊的幸運物，臨到該愛的對象，仍然瞻前顧後，而不肯付出代價，又不敢大膽去愛的人，一生的追悔與乏味，將來所付的代價也就千百倍地高昂了。

情債

情債欠他唯一死，
婚期償我必三生！

——明　沈德符　豔夢（清權堂集）

只有在大海中漂流很遠的人，才知道陸地的可貴，只有在病榻中遷延很久的人，才明白健康的可珍。夫妻恩愛也是一樣，那種一起受苦享樂和一起努力的歲月，只有失去了的人，才深刻體會它動心的力量。

妻子死了，沒有隨之殉死，欠她的情債，只有一死才能報答。而情深的伉儷，緣訂三生，相信今後還應有二輩子可以同相廝守吧？沈德符另有愁恨詩：「苟全少味輸情死，至痛無詩肖悼亡」，說苟且地活著，毫無情趣，還比不上殉情死了的好，人間至痛的感情，是不能用詩文來寫的，想寫，又哪裡寫得過潘岳元稹的悼亡詩？

范當世有詩道：「讀罷五千嫠婦傳，可知男子負心多！」其實世間癡情的男子也是不少的，只是男子的愛不專一，但愛過的就永遠懷念；女子的愛能專一，其他曾愛的就不長久，所以男人的情是「永久而不專一」，女人的情是「專一而不永久」，妻子死了再娶的男子，對前妻一樣懷念的，更何況終身不續紘、以死自誓的，和「波瀾誓不起，妾心井中水」的貞女相同，對情真癡。

花街

花街嘗徧櫻桃口，
怎比糟糠一味眞？

——明　李鎰　示戒子弟飄蕩（明詩選最）

感情在沒有責任時是自由快樂的，但是世上哪有永遠沒有責任的感情？感情在初墜情網時是新鮮刺激的，但是世上哪有永遠停留在初期興奮狀態中的事件？

千金買笑，花街流連，好像永遠新鮮而沒有責任，你以浮光掠影式對待感情，所得也限於浮光掠影的回報。況且毫無選擇式的施愛，只暴露當事者對性感受的貧乏與低格調，你即使嘗遍了花街上的櫻桃小嘴，反因數量愈多而情愈分散淺薄，浪漫與激情也愈加微弱而短暫了。

而妻子的單純與真摯，以及由日積月累的生活歷史所帶來的信任，這份「唯一」的真，遠勝於虛情假意的整條花街。

蓮　荔

儂愛蓮子，
郎愛荔子，
郎愛荔子，甘口相嘗，
儂愛蓮子，相心同房。

——明　曾異　古怨歌（紡授堂集）

蓮子雙關「憐愛你」，是採蓮謠中常見的雙關語；荔子雙關「離別你」，可能是曾異第一個首倡發明。

我愛蓮子，因為蓮子有苦心，雙瓣緊密擁抱，用心專一。你愛荔子，是因為你輕易就離別，不把兩人的分離看成嚴肅的大事。

我愛蓮子，更因為蓮子相心，「相」有「共」的意思，相處是共處，相心是共同一條苦心，兩人有共同的願望目標。「相心」又合成「想」字，專想念著你。而又喜歡同房，蓮蓬稱作蓮房，同處在一個蓮房，同房共枕，親愛不願分開。

但你愛荔子，輕易道別，好像離開我，就更自由，可以到處去嘗遍新鮮的甜味。舉此二種果子，饒生許多比擬的趣味。

西方有三位作家說：「愛的本身存在著矛盾，愛是要愛所有的人，我們卻要求專一。」不是矛盾，應該說是愛與愛情兩者的範疇及對象所指不一呀。

重逢

青衫憔悴卿憐我，
紅粉飄零我憶卿！

——清　吳偉業　琴河感舊　（吳梅村詩集）

曾經短暫交會的二條弧線，各自劃了開去，經過漫長的歲月，重又相會，比「近鄉情怯」還要教人躊躇，只好推說緣分不夠吧，最不傷感情。

別後的歲月中，雙方的際遇都平平，我仍是一襲青衫，容色略帶憔悴；而你依然兩頰紅粉，孑然一身飄零！現實的痛苦，老讓我們退縮到過去美好的日子裡，回憶起那段意氣風發的年輕時光，其間即使有一些薄倖負心，你也早就原諒，沒留半點恨意，兩人忙著談別後種種，都來不及道聲感恩感謝，但我還是帶著歉意，不能絲毫沒有尷尬的神色。

在重逢的時分，見到你閃亮的眼神，明白你還是憐愛著我，而從我侷促不安的表情中，也可以明白我仍是滿在乎你的。

詩與奇想

出奇的想像，是常人百思不到的，有時候即在身邊拈出，有時候卻從天外飛來，令讀者眼前一亮，爽快無比。詩之所以迷人，實導源於詩人旺盛的創造力，它總是在理性的陳舊秩序之外，別出蹊徑，魔術一樣地完成它生動的聯想。

在厭舊喜新的世人習性下，詩人必須一再翻出新的說法、新的比況，才能給被陳腔老套麻木了的語言以新的震動，引人入勝。

爭　輝

兒生月不明，
兒死月始光，
兒月兩相奪，

兒命果不長！
——唐 孟郊 杏殤（孟東野詩集）

這首〈杏殤〉詩，是寒流來了，嚴霜摧殘了春苞，使杏花的小花乳，零落如星。孟郊踏著一地的幼蕾，心中不忍極了。他想起自己妻子剛生下的三胞胎，沒幾天一齊死去。也正埋在地下，使他踩著腳下的花乳嫩苞，有一種特殊的觸感，踩下去的壓擠摧裂，覺得整個土地都是痛的。

唐代人誕生了三胞胎，也許是體重不足，也許是餵食不周，也許是看護無方，很難養活。但孟郊不怪先天不足、後天失調，偏偏另發奇想，認為是兒子與月爭輝的結果，兒子出生時，月亮晦朔不明，兒子死了以後，月亮才開始放光，一定是兒子與月亮爭奪光彩，兒子的神采壓倒了月光，月亮才開始反撲，難怪兒子的性命便難以久長了！

生兒夭折，怎麼怪罪也不該怪罪到月光那邊去的，但詩人故意主觀推理，然後一口咬定，完全歸怨於兒與月爭奪光彩的結果，兒子才遭受天的翦棄！這種話說得愈不合常理，反而顯得愈癡情、愈難過，瘋瘋癲癲，愈加顯得對兒子的重視與擡高，將兒子上比日月去了，這樣使感情超越了理智，常常深刻地感動了人心。

這四句詩，每句的第一個字都是「兒」，正表出這個哀哀老人，一句一呼「兒」的傷痛，地下指兒，天上指月，每句中糾結著「兒、月、兒、月」的紛爭，使搶地呼天的激越表情一齊躍現出來了。

斬人

滿目荷花千萬頃，
紅碧相雜敷清流，
孫武已斬吳宮女，
琉璃池上佳人頭！

——南唐　李璟　遊後湖賞蓮花　（全五代詩）

把花比作美人，是很普遍的想像，把水面的荷花比作透出琉璃池的面龐，也還算很普通。但本詩是把千萬頃的荷花，在清流中上下相映，映在水上的是佳人的頭，映在水裡的紅碧相雜，卻是佳人演漾淋漓的血！孫武斬下了吳王最心愛姬妃的頭，一顆顆投擲在池上，這樣劇烈刺激著我們的感官，造成眼睛辣辣的快感，這才出奇！

照理說，這是個充滿血腥可怖的歷史事實，用在美人身上，更加慘不忍睹，理應喚起讀者悲醜的印象才對，為什麼反而形成藝術的美感呢？簡單地說，因為詩中只表現美人頭的模樣，即使眉黛血碧，也並沒有表現痛苦的本身；而讀者迎接這首詩的是審美的態度，而不是迎之以自身的感覺。人我之間是保留了一段心理的距離，所以才能「但知其慘而不覺其慘」，用冷眼觀賞，悲慘的事物，反產生了感人的效果。

在古代，許多塾師學究們常常會諄諄告誡，以為寫這類駭人的詩，一定是不祥的徵兆，說不定會巧合為「一語成讖」。如本詩說宮中割下「佳人頭」，也被「識者謂非吉語」，與五代南唐的元宗李璟最後是丟了帝號，僅稱「國主」的不祥史實正可附會。其實這種附會性的歸罪與受責，應該不是受指責的詩人有錯，反倒是指責者本身有錯，因為詩人寫作時是在純粹無雜的審美眼光下道出，而批評者卻動了牽合利害禍福的念頭，失去保持心理距離的能力了。

暑光

但得暑光如寇退，

不辭老景似潮來。

——宋　范成大　秋前風雨頓涼（范石湖集）

形容酷暑苦熱，大抵都以煎沙、爛石、熾火、驕陽等詞彙來比況，都是繞著火燒灼痛的概念去設想。范成大卻把暑光比擬成人格化的「寇」。暑光竟像強盜，侵犯兼施暴，好不容易暑光退去，像寇盜撤走一樣，頓覺心頭的巨石放下似的，形容得極為別致。

但是暑光一退，秋卻來了，暑像大敵初退，秋卻似涼潮捲來，這一去一來，都形容得非同小可似的。雨腳風聲，雖有一陣快意，暑既像逞暴脅迫的寇盜，被擊潰而去，但秋又是引人感慨的老景，秋一來，睜開病眼，攪動酒杯，乃發現殘年暮景的蒼老心情，又似急潮怒湍，湧到眼前來了。范成大將暑光比作趕也趕不走的寇盜，把老景比作擋也擋不住的潮水，都是奇妙的聯想。

范成大的詩，有時喜歡把東西比作寇，有時比作賊，有人以為動不動呼賊斥寇，有嫌「訐激」，是心裡激動不太平衡的緣故，雖然可以宣洩一時而稱快，總覺得粗鄙而不文雅，不過，像本詩把暑光比作寇，恣野之中，實寓有奇想。

山青

筍從壞砌磚中出，
山在鄰家樹上青。

——宋 趙師秀 移居謝友人見過（清苑齋集）

「筍從壞砌磚中出」，寫竹筍從崩壞的磚砌中，硬鑽出頭來，句子雖很遒勁，並不見得奇突。但「山在鄰家樹上青」，彷彿節奏一變常法，便衍生許多新義，句子就十分奇突。

山變得如此輕，竟附在鄰家的樹上？山變得如此小，竟縮在鄰家的樹上？山變得像一片樹葉、一隻蝶翅，竟在樹際青青發光？這種可能的歧誤妙想，改變了世界，造成眾多橫生的趣味。務實一點想想，也並沒有什麼誇張嘛，不過是說，鄰家樹的上方，山露出了青青的峰岫，山在樹的上端而已，很普通呀。

將一幅普通的景象，僅須改換一下語氣，使「坐實」的景物中，生出「翻空」的趣味來，神觀就嶄新不同，這種手法，並不須比擬聯想，只是用字與語法的創新，便使陳舊而缺乏朝氣的日常景象，忽然因想像而新生，給人意外的驚愕。蘇東坡稱此類手法為「反常合道」，前人也有把它叫做「於極不倫處生情，最見妙筆」的，或簡單稱之為「無理而妙」。山會在樹上青青，這種與日常生活經驗背道而馳的說法：「樹在山上」翻倒成「山在樹上」，產生歧誤妙想愈不合情不合理，反會愈見妙思。

月上

約郎約到月上時，
只見月上東方不見渠！
不知奴處山低月上早？
又不知郎處山高月上遲？

——明 佚名吳中人 棹歌 （藝苑巵言卷七引）

在沒有鐘錶的年代，日月星辰就是時間的指標。「月上柳梢頭，人約黃昏後」，月上，自然是青年們甜蜜的時間。和郎相約在「月上」的時分見面，但當月已昇上了東方，卻沒見到郎的到來，就猜想說：也許我所處的山頭比較低吧？月兒才昇得早？也許是郎所處的山頭比較高吧？月兒才昇得遲？

其實郎沒有如期赴約，遲到或缺席的原因是很多的，忽生奇想，假設是因為山形高低的關係，才造成這月昇遲早的問題，一樣的月亮，竟有兩種不同昇起的時間，我的早到，你的遲來，因時間表差異的關係，而你我都沒有可以被咎責的理由了。這樣的癡話，雖有點跳出常理，卻深入人情，反使女兒忐忑不安的等人心情，以及不忍苛責的偏愛態度，一齊表露無遺。這裡面，也側寫出女郎寄情的微婉。因為如果按照常理，推想為因事而耽擱，就嫌郎太簡慢；推想為因病而耽擱，就覺我心不忍。若推想為忘記忽略，那郎就太薄情糊塗了。不去歸咎這些推想，只假設是山形的高低，所以能顯出女郎的溫婉與寬厚。

就心理學的觀點看，也許認為這種虛妄想像，只是使內心失望及面子受損的一種「合理化」的辯解藉口罷了，但在文學的觀點看，這種將現實事物扭曲的幼稚想像，反給人赤子之心式的狂喜與滿足。

骰子

一片寒微骨，
翻成面面心，
自從遭點汙，
拋擲到如今！

——明 佚名妓女 詠骰子 （藝苑卮言卷七引）

古代的骰子是用牛骨切琢而成的，所以說它是「一片寒微骨」，骰子切琢成正方形具有六個正面，每面的點數由一至六不一樣，好像每一面戴著苦樂不同的面具。這雪白的骨頭被黥汙上黑點紅點以後，就任人呼么喝六，拋擲玩耍到今天了。在浙江吳語裡，輕浮而不受人尊重者稱之為「輕骨頭」。

這骰子看在妓女的眼裡，自感也正是一片寒微的輕骨頭，每天應付那生張熟魏，而換上不同的表情，不同的心情。自從淪入煙花巷裡，受到點汙以後，也只好像飛絮落花，任人踐踏拋擲，好奇玩弄，誰會真心來愛呢？

這首詩載在王世貞《藝苑卮言》卷七，傳說是某妓女做的詠骰子詩。是不是妓女所作，無從證實，全詩彷彿頗具客觀與知性，欠缺同情，也不像自嘲，很可能是出自詩人之口，而不見得真是妓女所作。

詩中把骰子和妓女兩個不相關聯的事物，發生了同類的感歎，聯想比擬在一起，兩者聯想得巧妙緊湊而幽默，西方哲人說：「天才即富有類似的聯想，且能將聯想趨於極度的人。」本詩的奇特聯想，應屬天才之作。

白花

數林繁密已誇奇，
觸目周旋玉樹枝，
恰似夫差新喪偶，
傾宮縞素送西施！

——明 沈德符 仲春偕友看梅（清權堂集）

看白白的梅花，賞白白的梅花，許多叢樹林中，冷豔清香的梅花，繁密得滿樹滿枝，白得像冰枝玉樹，觸目全成了一片雪豔的玲瓏世界。作者在這時突發奇想，他說這整片素萼冰蕊的梅花世界，有點悽愴悲冷，恰似吳王夫差剛剛喪偶，整個宮殿裡都穿戴縞素的孝服，來向西施送葬呀！

這個奇怪的想像，並不符合真實的歷史事件，仍給人相當大的震撼，這就是藝術感動的力量，這力量是如何形成的呢？

有的美學家會說：這是透過讀者的幻覺而造成的，作者並不需要符合史實，用創造的魔術畫出「國喪」的白色場景，使觀賞者將這浩大的場面當作真實的經驗來接受，來著迷，以造成審美的快樂。

有的會說：這是利用讀者心裡原本存有通俗而強烈的恐懼悲憫的經驗，當西施喪命、夫差悲慟，這種國色天香崩殂時所造成強烈而外來的悲劇感情，一引入心靈，便產生震撼，在心靈陷入這種新舊經驗混合的狀態，情緒和想像早凌駕於史實的理性之上，造成發抒情感的效果，因而產生快感。

也有的美學家會說：這雖是創造幻覺的藝術，但這些不真實的圖畫場面，單靠虛設的幻覺不易感人，它必須模倣現實的事物，把許多真實的舊經驗溶化，重新組織，湧現出如身臨其境的悲涼意象，才會感覺到美。

眾多的說法：幻覺說、抒情說、模倣說，無論如何解釋，美感總得憑著作者的奇想，創造出好作品來，才能震撼我們。

典故

盃當鸚鵡啼邊樹，
匣有螳螂殺後琴。

——明 黃景昉 涇上王愼五南還（甌安館詩）

有的典故，能把不相干的事物，聯結在一起，譬如酒杯和鸚鵡、琴匣和螳螂，一旦聯想在一起，新奇得很。

「匣中藏的是螳螂殺伐完畢的琴！」這是什麼話？原來在華嶠寫的《漢後書》中記載：蔡邕的鄰居請邕吃飯，備有美好的酒食，也請了不少陪客，蔡邕剛走到主人的家門口，聽到有人正在門內彈琴，蔡邕深明音樂，一聽琴聲，發現琴聲中有殺氣，就生了戒心，不肯赴宴而折回家中。主人見蔡邕遲遲不來，就去追問原因，蔡邕據實相告，令一座客人吃驚，主人就向彈琴的客人查證，彈琴者說：「是呀，我剛才看見一隻螳螂正向枝頭的蟬偷襲，蟬好像已覺察，又像沒覺察，想飛走又不飛走，而螳螂想出擊，又想暫緩，正在進一步退半步，我的心也聳聳然，唯恐螳螂沒捕到那隻蟬啊！可能是這份捕殺的心意傳進琴音裡去了吧？」蔡邕聽了解釋，才笑著說：正是這原因吧！這典故使螳螂與琴有了聯想。

「酒杯正舉向鸚鵡啼叫著的樹！」這句詩也怪怪的。大概鸚鵡不是鳥，是酒杯的名稱，杜甫有「醉客霑鸚鵡」的詩句，在南海特產的海螺酒杯，形狀色彩像鸚鵡。因為王慎五正要南返故鄉南海去，才使酒杯與鸚鵡有了聯想。

二句奇怪的詩聯在一起，是說：當你回到遙遠的南海地方，在樹下舉起了鸚鵡杯，可不要忘了我；我隨時歡迎你來赴宴，我家的琴聲裡不會有殺氣，因為螳螂早就捕住了蟬，你可以不必疑懼的！

頭顱

浮生不覺頭顱換，
出世誰將意氣憐。

——明 王命璿 秋日別連孝廉（靜觀山房詩稿）

用詞怪誕嚇人，也是「奇想」之一。像「浮生不覺頭顱換」，頭顱怎樣換法？乍然入眼的是一幅豪氣駭人的錯覺。冷靜一想，不過是綠鬢朱顏的少年頭，換成白髮黃眉的老頭兒罷了。王命璿另寫過「覽鏡頭顱半已非」，也觸目驚心，主要是「頭顱」一詞，教人聯想起「我提著我頭顱來了」的慷慨豪情。

清人梁章鉅在《楹聯續話》中記載有一家理髮店，貼著狂士做的對聯，上聯是：「磨礪以須，問天下頭顱幾許？」下聯是：「及鋒而試，看老夫手段如何！」理髮店裡磨剃刀、刮面皮，本是尋常小事，被狂士寫成問天下「頭顱」幾許？要及鋒而試，真令人嚇煞！難怪大家裹足不前，要關店了。

大體上說，詩裡不喜歡用「血」字，「頭顱」字，「剪刀」字，用了就流於粗惡傖俗。但也不能一概而論，字詞本身原無所謂雅俗，只看用法如何，烈士羅福星寫「大好頭顱誰取去？何須馬革裹屍回！」蔡維寧寫項羽道：「自賣千金垓下頭」，不覺麤鄙，反能想見睚眥俱裂的激昂豪情呢！

詩與巧思

詩是最注重精鍊與奇巧的一種文字，作詩的技巧百出，常常歎為觀止。奇妙的詩，大抵可分二方面來說，一是內容方面的奇想，一是形式方面的巧思。本文是從形式字句方面，舉一些匠心獨運的巧思，舉凡回文、疊字、重出、限字、雙關、徵對、歇後、諧音、字體等，都是別出心裁的雋句，由此也可以欣賞到中國文字特有的巧思。

詩成

詩成怨立小樓西，
晚日春懷傷鳥啼，
離別書情多寄恨，
遠山高處暮雲低。

——元　耶律鑄　擬回文　（雙溪醉隱集）

請看前面的這首小詩，可以一字字、一句句完全倒過來唸的，唸成：「低雲暮處高山遠，恨寄多情書別離，啼鳥傷懷春日晚，西樓小立怨成詩！」一樣平仄合乎格律，一樣押了韻腳，順讀倒讀，都能成詩，你說奇不奇？

一首詩寫成了，含怨地立在小樓的西邊，這晚春的情懷，最難過的莫過於黃鶯老去的啼聲了。啼鳥聲聲是恨，而我在離別後的詩語與書信中，也都寄寓著同樣的恨意，遙望遠山的高處，望著望著，暮雲橫過來，漸漸壓低下那灰黯的顏色來了！這首詩寫得不錯。

但倒過來看：低低的晚雲裡，想起那高山的遠方，多少的恨，起於多情，而一封封的情書中，寫不完的別離別離！連啼著的鳥兒也傷心著春天已老去，在西樓邊小立的我，一直在怨情中，寫著離愁別緒的詩。這首詩也不算太牽強。

二十八個字，同時寫成七言絕句兩首，除了漢字，哪國的文字有如此的可能呢？

夢夢

思結轉憐無夢夢，

相拋猜作負人人。

——明 徐揚先 有懷（槃園集）

「疊字」本來是古老詩歌中就常見的，讀著本詩中的兩兩相疊在一起的字，很順溜，但是這兒的「夢夢」與「人人」，和一般的疊字大不相同，一般疊字是強調形容的功能，像「風風雨雨」，是表示不啻一風一雨，而強調風雨的多，與風雨的久。但這裡的「無夢夢」，是指「無夢的夢」，與「視天夢夢」的惡亂意思不同；「負人人」，是指「負人的人」與「我為人人」的大眾意思不同。它看似疊字，細讀以後，發現它又兼有「重出」的功能，句法新奇而巧妙。

「思結轉憐無夢夢」的意思是說：我思念你，這個「相思結」綳緊在心頭，對於沒有夢的夢境，覺得好可憐呀！沒有夢的夢境，當然是指連夢你也夢不著，若能夢見你也是一項安慰嘛！「相拋猜作負人人」的意思則接連上句說：「你這樣絕情，不肯入夢，我猜想一定是我拋下了你，你在恨我這個負人的人，才吝惜得連夢也不准我夢到！」

徐揚先的這首〈有懷〉詩，讀來感慨深痛，他在結尾的二句寫道：「銀河天上猶堪渡，咫尺星橋未有因！」更說：管它是億萬年的天上銀河，管它有億萬里的星河遙隔，也終有鵲橋借渡的時分，而你我之間，只不過咫尺之隔，為什麼連一點星橋相通的機緣都沒有呢？

醉歌

不醉不歌歌益醉，
不歌不醉醉還歌！

——明 蕭師魯 醉歌（漸宜堂詩）

這二句詩的特點，就在單字的繁複重出上。十四個字裡，竟鑲著四個「不」字，四個「醉」字，以及四個「歌」字！反覆俐落地運轉，又能變化出黏連的句意，而且，不醉本不想歌，而歌了反而益加醉；不歌也可以不醉，沒想到醉了反而還要歌！

「重出」之中，又兼迴環輪轉，「醉歌歌醉」，「歌醉醉歌」，字詞配置的位置也正反對稱，踢踏踏踢，踏踢踢踏，讀來像馬蹄的聲音，也像舞步的凌亂，含義也隨著層疊不窮，悲涼悽壯，有抑止不住、欲罷不能的激烈情懷，真是巧極了。

詩歌本來是要避免字詞重出的，往往要用另一個意思相近的字來取代重複出現的字，以避免單調犯重。但這裡卻故意大量重出，反覆強調，以達到逞能顯巧的目的。前人把這種對仗法的句子，叫做「巧變對」，正說明它製作的不易。不過，在同一首詩裡，這樣的巧句，也不能多用，巧句太多了，就如古人所批評的「枝枝開花」，不但不能達到強調的功能，反呈現雕琢的故意炫弄，弄巧成拙，有礙大方，使格調卑下庸俗了。只能偶一用之，才會使全篇光彩耀目，凸現巧思。

鬥巧

六七鴛鴦戲一溪，
愁人二十四橋西，
半天書斷三秋雁，
萬里心懸五夜雞，
蠶作百千絲已盡，
烏生八九子初齊，

丈人何處聽鳴瑟，
尺寸長垂雙玉啼！

——明　屈大均　閨怨（道援堂集）

「限字」也是作詩鬥巧的工夫之一，限定在一首詩裡，必須用「一、二、三、四、五、六、七、八、九、十、百、千、萬、雙、半、寸、尺、丈」這十八個字，並且韻腳又限「溪西雞齊啼」五字。內容又必須寫「閨怨」，在縛手縛腳，限制重重，唯恐漏字的情形下，看詩人如何突圍而出，仍把詩寫通順，毫無勉強，還須寫得精采，豈是易事？

這種「鬥巧」之作，當然是遊戲娛樂的成分，大於抒情寫景的成分；逞奇鬥勝的趣味，遠高於立言感人的趣味。「半天書斷三秋雁，萬里心懸五夜雞」，寫閨中孤獨的人兒從黑夜到黎明，長夜無睡的景況，還寫得語態自然，沒有東拉西扯的窘迫情形。

屈大均的才情很高，在這麼多束縛限制下，竟連寫了三首，彷彿才情還游刃有餘呢！且再舉他的第二首詩：

「桃三李四已成溪，六七花東八九西，一尺髻高愁墮馬，五更衾冷怨鳴雞。遊絲百丈全難斷，舞柳千條半欲齊，十二雙邊無寸字，鴛鴦都作萬行啼！」這首詩比前面所舉那首更為神態自若，這種「難不倒」的才情，真是巧思濬發！

藕絲

莫言水淺難成藕，
暗裡絲長人不知！

——明 周拱辰 夏日閨情（聖雨齋集）

一字雙關，帶點狡獪的謎語手法，使人讀罷，領會出言外之意時，感到一詞雙意，呼此而彼應，備感靈巧。

在南方民謠的「吳歌格」或「採蓮曲」中，用「藕」雙關「配偶」；用「絲」雙關「相思」；用「蓮」雙關「愛憐」……至於蓮心苦、蓮子多、蓮絲長，再加上能否成藕？無一處不是男女愛意的雙關語。

本詩全文是：「彈罷銀箏坐晚颸，戲抛蓮子種方池。莫言水淺難成藕，暗裏絲長人不知！」

一位深閨裡的少女，夏日日長無聊，彈罷銀箏，直坐到黃昏，忍不住戲拋蓮子種進方池裡，這種「愛憐你」的情感遊戲，一朝種進方寸間去，不要告訴我說：這兒水太淺了，結不成藕的！成不成配偶只有天知道，說不定表面無事，而暗地裡的相思一天天長起來，像泥中隱埋的藕一樣，在骨子裡藕絲縣延不絕，會讓誰覺察到呢？

周拱辰另有一首〈采蓮曲〉道：「儂心如蓮心，歡情似蓮子，歡情何太多，儂心苦欲死！」儂就是我，歡就是指你，我的心像蓮心，你的情像蓮子，你的情未免太多了吧？我的心苦得要死！也是把雙關的技巧用得很靈動的。

色　空

瘦影自臨春水照，
卿須憐我我憐卿。

——明　小青　小青焚餘草　（附於漸宜堂詩）

讀清代大學者梁章鉅的《楹聯續話》中說，有一位徽州的富商，好女色，特別訂製了一張華麗的臥牀，牀柱上懸一小聯，以「卿須憐我我憐卿」作下聯，以千金徵求上聯，後來有人以「色即是空空是色」為對，不但貼切自然，還兼將主人教訓了一頓，最後還是獲得了千金重賞，成為文壇的趣話。

這副徵求的對聯，當然精巧，因為「卿須憐我我憐卿」七字中，不但二個「卿」、二個「我」、二個「憐」，字面重出，而且「卿憐我，我憐卿」在一句之中迴文對稱，情意又緜密，表出了兩情相悅的纏綿親密，真是好句子。所對仗的「色即是空空是色」從佛經《金剛經》中信手拈出，人人通曉，佛經的「色」其實並不是「女色」，拿來借用，同樣使用重出字迴文的形式，使這二句詩成了「絕配」。

這句「卿須憐我我憐卿」的名詩，原來是明代虎林士人的侍姬小青做的，小青能詩善畫，但得不到大太太的寬容，終於悒鬱而死，死後詩稿也被大太太燒掉，只剩一些焚餘的殘稿，收錄在明代蕭師魯的《漸宜堂詩》集，及翁吉鼎的《権悵小品》裡，全詩是：「新妝竟與畫圖爭，知在昭陽第幾名，瘦影自臨春水照，卿須憐我我憐卿。」小青焚餘草裡，都是很好的情詩，再錄兩首如下：

稽首慈雲大士前，莫生西土莫生天，願為一滴楊枝水，灑作人間並蒂蓮。

春衫血染點輕紗，吹入林逋處士家，嶺上梅花三百樹，一時應變杜鵑花！

然而據錢謙益的說法，小青本無其人，小青的詩，都是同邑的譚姓者偽造的。

多多

一心只念波羅蜜，
三祝難忘福壽男！

——清　朱昌頤　贈侍兒多多（見楹聯續話卷四）

朱昌頤在沒有成名時，曾見到叔父朱虹舫家中的侍兒名叫「多多」的，一見心悅，想要接近她，剛巧叔父要多多來索取楹聯，朱昌頤就寫了「一心只念波羅蜜，三祝難忘福壽男」十四字，叔父是閣學大人，極有學問，一見到昌頤的楹聯，就想把侍兒賜給他。多多堅持要等朱昌頤中了狀元，才肯嫁他。下一年他果然中了狀元，這位閣學大人，就替他們成就了好事。

這副對聯中有什麼巧妙的玄機呢？原來「波羅蜜」是佛家「波羅蜜多」的簡稱，「波羅」是「彼岸」的意思，「蜜多」是「到」的意思，西域稱「彼岸到」，把動詞放在後面，就是漢文「到彼岸佛道」的意思，「一心只念波羅蜜」這句詩中暗藏了侍兒名字的「多」在言外。「三祝難忘福壽男」三聲祝福原本是「多福、多壽、多男子」，現在只說「福壽男」，又暗藏了三個「多」字在言外。楹聯表面的意思是修佛添福，看來冠冕堂皇，而暗中鑲嵌在言外的意思乃是：一心只念著的人，是侍兒「多多」；三聲祝福難忘的是侍兒「多多，多多！」難怪閣學大人要感動得把侍兒多多賜給他了。

這種在句下藏字的修辭方法，古人叫做「歇後藏詞語」，把謎面的部分露在字面上，把謎底的部分，藏在字句外，讀者一旦尋出謎底，撥雲見日，就會拍案叫絕！

鼓聲

一家女兒做新娘，
十家女兒看鏡光，
街頭銅鼓聲聲打，
打著中心只說郎！

——清　黃遵憲　山歌　（人境廬詩草）

一家女兒要做新娘，十家的女兒都偷偷地自照鏡子，暗想如果新娘是我，將是什麼樣子？做新娘的憧憬，是每個女孩從小起就幻想過千遍萬遍的綺夢，一朝鄰居真有了新娘，少不得要拿起鏡子來自照，暗地裡和新娘比一比。街頭的銅鼓聲聲地打著，打著銅鼓的中心，在這十家女兒的耳朵聽來，正像打中了自己的內心一樣，那一聲聲正是：「郎、郎、郎！」

這些由黃遵憲採集筆錄的山歌，特色就在善用字音的雙關，那銅鼓的中心是乳壙樣凸起來的，打在上面發出「瑯瑯瑯」的聲音。銅鼓的「中心」雙關著少女的「中心」，而銅鼓聲「瑯瑯」雙關著少女惦掛的「郎郎」，這種山歌用土俗的方言來讀，一定更妙。

黃遵憲是主張「我手寫吾口，古豈能拘牽」的一位不喜歡依傍古人的獨立詩人。他的詩裡，巷里的諺語，以及今名今事，如「氣球」、「國會」，乃至西方譯名，如「拿破崙」、「薔薇戰」都寫入舊詩中，他曾說：「即今流俗語，我若登簡編，五千年後人，驚為古斕斑。」讀這首山歌，知道他是說到做到了。

對稱

金簡玉冊自上古，
青山白雲同素心。

——清　吳山尊　題幽蘭小室　（見楹聯續話）

這副對聯是用篆文書寫，鐫刻在透明的玻璃片上，非常光鮮雅致。粗看聯語還不覺得有什麼奇巧，但仔細一想，「金」字是左右對稱的，「簡」字也是左右對稱的，「玉」用篆文寫作「王」也左右對稱，再往下看：自字、上字、古字，個個都左右對稱（上篆文寫作「二」），下聯青山白雲同素心，篆文也字字左右相同。原來這副透明的玻璃篆文聯，懸在門廊間，門外門內一望，正面反面兩邊看，都是一模一樣的文字。

上聯「金簡玉冊自上古」，描寫主人所讀的古書，無不是三代兩漢的寶文大典，主人的眼光氣味，何等古雅邈遠；下聯「青山白雲同素心」，寫出主人的襟期抱負，何等恬澹自然。這位不近塵俗煙火的上古素心人，相當清朗飄逸。加上對聯上方的橫額題了「幽蘭小室」四字，這四個字用篆文一寫，又左右對稱，裡外看來，絲毫沒有正反差別，更加巧妙。

對聯的書法，是請大儒孫星衍寫的，「星衍」二字的落款，正巧又是篆文不分正反的對稱字，就尤令人嘖嘖稱奇了！

詩與曠達

所謂「曠達」，曠是器宇寬大，達是通曉事理，因為通曉事理的過去、現在、未來，合為一觀，所以識見高超，想法長遠，不受俗務俗見的束縛，而能自適其志，寬大其懷，這種品性在中國人眼中，價位是很高的。

「曠達」總教我們放下一些世俗欲望中纏人的東西，而得到心靈上的寬鬆與酣暢，在不可掌握的命運中，掌握一些自我可能掌握的東西。這是既緊張又空虛的現代人，所渴望的一服對症的良藥。歷代詩人寫下不少這方面的詩：

棄名

征行安所如？
背棄夸與名，
夸名不在己，

但願適中情。

——晉 阮籍 詠懷之三十 （阮嗣宗集）

曠達的人大體上分成三類，一類是追求心靈的自由與滿足的，這種曠達近乎瀟灑；一類是看穿物質的誘惑，從知性上去明白名利的無益，禍福榮辱都是循環著的，而注意安天樂命的，這種曠達近乎修養；另一類是注意享受人生的趣味，不以身外的虛名為念，而看重現世及身的快樂本性，認定轉眼之間都是空的，這種曠達近乎享樂。

阮籍傾向於第三類，他說：人生的征途要往何處去？該往背棄「夸」與「名」的地方。夸是奢侈自大，「夸者死權」，奢侈虛夸的人，連路人都要眼紅不平，哪裡是權貴眼中容得下的傢伙！名也使烈士為之殉身，所以「夸」與「名」都對身體無益而有害，只能虛榮一時，像繁花謝眼，旦暮之間，心愛的形象就起了變化。

「夸」與「名」是曠達者首先要衝破的難關，這兩個身外之物，變化無常，都不是你能掌握的，一旦起了羡慕之心，就變成本性的枷鎖，有得累了。虛名總妨害了實惠，在競爭之下，有時還得賠上性命。所以阮籍勸人放棄它，

「士以名自立，還為名所煎！」若改為追求順情適性，得到自由自在的滿足，做一個紅塵世網之外俯視塵寰的悄然獨立的人。

報應

積善云有報？
夷叔在西山！
善惡苟不應，
何事立空言。

——晉 陶淵明 飲酒之二（陶淵明全集）

「曠達」者首先從令人拘畏的天人感應的觀念下，掙回了人類自主的意識。儘管人無法抗拒「人生世間如電過」的渺小命運，但是天也不是巨大到具有賞善罰惡的神威意志。為了報應而去積善的人，發現世上有太多的不平與錯亂，清高的伯夷叔齊，竟雙雙餓死在西山上！曠達者不相信「天道無親，常與善人」，與其相信天，不如相信自己。

伯夷叔齊所以名傳後世，雖然是由於「固窮」的志節，但這不是上天回報了他們，更不是上天不給他們現世的「福報」，就給他身後的「名報」，而是他們樂意守著自己的選擇，求仁得仁，原先並不是存心為了成名於後世的。因此，存心立言傳世的人，恐怕都是徒勞，遠不如把握手中的一杯酒，更有自主權。

曠達者應該明白「報」了不一定「應」，而善自守著「應當怎麼做」的原則就好，所謂「各從其志」就行，拘畏宗教意味的道德與禮法，計較善惡的報爽，有時會違反或傷害本性的。

富貴

江山有景待人勝，
富貴成仙自古難！

——元 劉銑 再和遊洞巖（桂隱詩集）

當你養了一隻寵物，就不能隨意外宿；當你種了滿架的盆景，就無法自由自在地出國旅遊啦！只要一點點小牽掛，人的身體心靈就不自由，何況是貪榮求利的富貴呢？

一旦富貴了，就依賴財勢成性，割捨不掉，整日在盤算擔心中討生活，原來欲望與財富地位的增加成正比，憂慮也與財富地位的增加成正比，富貴的人如何清心省事？不清心省事，又怎樣能成仙成佛？雖然「神仙本亦世間人」，但是「富貴成仙自古難」！

釋迦身為太子，他要放下富貴去出家，歷經的阻撓誘惑與所需的勇氣決心，就百倍於尋常人。曠達的人，就是「放得下」的人，一切放下，好像心無著落，其實一無依賴的人，心靈才最自由，這是佛家所說「沒巴鼻」的境界，沒有鼻紐把柄可以抓牢的時刻，一無倚靠，往往能見到了真面目。

曠達的人，除了「放得下」，就是要「看得開」。江山雖然有美景，對一個汲汲名利的人，會覺得賞山悅水，完全在浪費時間，因為他的性靈已根本被實利計算所斲喪，無法「看得開」。但對一個樵夫牧豎而言，登山臨水，也只是勞苦操作的事，因為他的性靈根本未曾開發，蠢蠢不靈，也無所謂「看得開」。江山美景，要等待一副有靈性的煙霞傲骨，才顯出它是優越的勝地。

達觀

染絲何須悲，

太素無白黑；
歧路何須泣，
大道無南北。

——明 施篤臣 感愚詩之三 (觀物雜詠)

墨子見到雪白的蠶絲被染成黑色，就悲傷流淚地說：「從此永遠是黑的了！一失去原有的白，再沒辦法回復本色了！」楊朱見到道路有分歧處，就掩不住眶內的淚水，哀歎道：「這不同的歧路，將使多少人迷失啊！」後來阮籍也有奇怪的性情，他喜歡駕車在小徑中奔馳，一遇到斷頭的死巷，或是道路的盡頭，就會大聲痛哭地掉轉車駕，為天下的「窮途末路」傷心。

大凡這些性情極真的人，他們對生命中無可奈何的悲情，都有特殊的敏感與會心，在世俗看來，多少有點奇特，其實這份悲情，也正是一種獨特的靈慧。

可是施篤臣又來翻案了，他更達觀地說：染絲成黑，不須悲傷，因為太上忘情，是沒有悲喜的，所以太素的顏色也沒有黑白；同樣的道理，歧路東西，也毋須哭泣，因為真正的大道，原也無所謂方向的南北，天地間最高的境界往往四不著邊，一無掛搭，南北黑白，還都是一種偏執罷了。有人曾說：墨子為白絲染黑而悲泣，為什麼不為白髭不能染黑而悲泣呢？楊朱為面臨歧路而哭泣，想想在大海中漂流的人，連歧路也羨慕不到，不是更值得哭泣嗎？

花酒

座上有花樽有酒，
雜言剩語皆爲詩，
此身之外委造化，
亦非在我能主持！

——清　趙嘉程　放言（清詩鐸）

曠達的人中，有一種是主張「當下快樂」的人，他明白想貪求未來的名利位勢，必須先付出「眼前吃苦」的代價，吃完苦是否真能獲得快樂，仍是個未知數！即使那時真的快樂了，而當前的快樂早已失去，青春一失，少年樂事全輸掉，熬到白髮蒼蒼時總算做了一個大花園的主人，但是在花園裡折花說愛的早是別人囉，划算嗎？「富老不如貧少」，年少比財富可貴呀。

趙嘉程就主張把握今天的快樂，只要座上有花、樽中有酒，那麼朋友間嘈雜瑣碎的語言，都美得如詩篇了。座上有花供目視、供鼻嗅；樽中有酒，供口飲、供通體暢快，這時友朋風趣的對話，更令耳朵與內心舒泰，只需少量的官能物質，便創造了大量的藝術情調，這才是人生真正的幸福和趣味，沒有這些，就算長生不老，又是何等枯燥乏味？不知道開發身邊現成的趣味快樂，去祈求不可知的「將來」與「富貴」，那才傻哩！所以他只注意「此身」的行樂，「此身」之外，都委諸造化，不必去憂慮了。

當然，曠達的人，不求世俗的「進步」，所謂「樂曠者難進」，晉代的張翰是曠達者，有人勸他道：「你雖然可以放縱地舒適於一時，為什麼也不想想身後的名聲呢？」張翰回答說：「使我有身後名，還不如即時來一杯酒！」酒杯飲不飲是可以自主的，真正受用到的，其他都是身外之物，所謂「權不在我，實不足以攖心」，趙嘉程實在是張翰的信徒吧！

空枝

君看今日花，
前日猶空枝，
君看昨宵月，
今夕雲四垂！

——清　張維屏　達人　（清詩鐸）

一個曠達的人，一定明白宇宙間都是「無常」的，而這種「無常」，乃是宇宙的常則。你看今天開的花，在昨天這枝頭還是空的呢！你看昨夜光亮的月，到今天已經是烏雲四垂了！宇宙只像個流轉不停的旅館，停留一回或離開，去住都不許有長期性，都是無常的。

其實一切的人事變幻，與這自然變化並沒有什麼不同，就像往日的憂慮，到今天我們早已經不憂；又像將來的災難，在今日我們還不知道呀。這些變化都是不得不然的，都是「命」的必然性，常常不是自己所能操持，趙翼有詩道：「到老始知非力取，三分人事七分天」，那麼面對短暫的花開月明，也不必樂，因為那不是我們把它召來的；面對暫時的花謝月黑，也不必悲，因為那也不是我們能求它不去的。滿則招損，榮極必枯，這「無常」才是「正常」。

曠達的人能領會悲樂都是多餘的事，「得到」是時機來了，「失去」也是順著時勢，在「浮榮如電馳」的世界上，人生且珍惜自身的適意吧，莊子曾倡導「安時而處順」的道理，教人不必為物的生滅聚散而悲樂，弄到「喪己于物」的地步，反而把「外物」主宰了「內心」，所謂「花發人所憐，花落人所賤，榮枯物之常，旦暮人情變」，因花開花落而或貴或賤，豈不是反客為主了嗎？

塵 埃

赤手空拳初生世，
富貴何人是帶來？
既不帶來難帶去，
銅山鐵券總塵埃！

——清 漆修綸 醒世詩（清詩鐸）

曠達的人，了解「無常」，進而也了解「空」，佛教的小乘，總是以空來教人想開些：「身如電影有還無？」「譬如春霜曉露，倏忽即無！」多少醒世的句子，都要人明白，一切都是「空」的。

要明白情感是空、物質金錢是空，乃至智慮技巧都是空，說起來容易，做到就不容易。從前嵇康認為「養生」有五件難事：名利不滅是一難、喜怒不除是二難、聲色不去是三難、滋味不絕是四難、神慮轉發是五難。就算把名利看破了，喜怒消除了，聲色滋味的官能快樂也斷絕了，但是誰能做到「曠然無憂患、寂然無思慮」呢？這「養生」的五難，也有點像「曠達」的五難。

要打破五難的第一關：名利。就得想想「生不帶來，死不帶去」，初生時誰都是赤手空拳，何人帶著富貴來的呢？既不帶來，也難帶去，代表著無窮富貴的「銅山、鐵券」，就算擁有了它，有開採不完鑄錢的銅，有用不完抵罪免罪的鐵券，均靠不住，遲早都化成塵埃的。

寒山子有詩道：「人生浮世中，個個願富貴，高堂車馬多，一呼百諾至，吞併田地宅，準擬承後嗣，未逾七十秋，冰消瓦解去！」再多的車馬僕役與田宅，遲早冰消瓦解，本詩命意和寒山的詩一樣，道出了佛家的曠達！

禍福

苟利國家生死以，
豈因禍福避趨之！
謫居正是君恩厚，
養拙剛於戍卒宜。

——清　林則徐　赴戍登程示家人　（清詩鐸）

真曠達的人，也不是一味退縮解嘲來避禍的人，更不是不問世道安危、不知民生疾苦的人。相反的，他一樣可以有桀驁的救世精神。

有利於國家的事，他可以「生死以之」，並不因個人的福禍而為之趨吉避凶。像林則徐自己，焚燒鴉片，挺身而出，結果是貶戍充軍，十分冤屈，就在這迅風疾雷的打擊下，他閃出一道曠達的電光，他認為能夠「謫居」正是君王恩厚的地方，認為戍卒充軍，剛好是給自己「養拙」進修的機會，因為在「力微任重」感到神疲不支的時刻，有如此調息的機會，是非常「適宜」的！

他真能做到「出門一笑」，還勸家人不要悲哀，任何一句輕薄的話也不要噴出口，回首那塵壤與風濤，都付諸一笑吧！這種浩蕩的襟懷，乃是儒家的真曠達！

真好

山水外無眞嘯傲，
虀鹽中有好襟期。

——清 阮鏞 自題拙稿（醇雅堂詩略）

曠達者都是想要充分表現自性，盡可能使自己快樂的人。使自己快樂的方法有兩種：一種是「順欲」的，及時賞花，及時做愛，順乎喜悅美厚聲色的天性；一種是「禁欲」的，把物質欲望降到最低最簡單，就可以無欲無求，在知足知止之中，讓名利牽絆不著，享受最逍遙最自在的快樂。

山水之外就沒有真的嘯傲。因為只有江上的清風、山間的明月，是不需央求別人的，山光雲氣，泉聲鳥韻，盡你享用，這種不央求別人就能享受它的美與樂，才是真快樂。世上名利濃豔的事，都要厚顏有求於人，才能獲得；都要和別人爭奪，才能攫取；都有不可告人的私隱陰闇之處，才能享用。凡是濃豔肥厚的事物，都足以「昏人之志」，哪能產生不愧不怍、不忮不求的真嘯傲？

在醬菜鹽巴的日子裡，反而怡然自適，進退自如，這日子中才有理想、有目標。而富貴的人，反而營營擾擾，終日鎖眉，失去了生活的理想目標。所以賢慧的人一旦財富多了，必然喪失志向；愚魯的人一旦財富多了，必然增加罪過！有人說過：「人生之境，莫妙於貧賤，且最有味，種種學問，從此而出，莫不妙於富貴！」這話不完全是窮酸人故作寬慰語，也不是富貴人故作驚人語，為什麼許多白手興家的人對於當年貧窮的生活回味無窮呢？因為當那時候，遙遠處總有「希望」在鼓舞著閃耀著，反而有著人生最美好的「襟期」呀！

詩與畫境

中國畫有一特色，就是畫上常題著詩句，題詩的書法本身又須力求佳妙。詩書畫三者要兼修並進，缺一不可。詩因畫而景物具象羅列於眼前；畫因詩而情懷高遠揮灑於筆外，而書法佳妙又將作者的學養之功、藻鑑之力、逸趣之遠、璀璨之表，一併呈現無遺。

畫中都有「物」，所以題畫詩大抵可看作廣義的「詠物詩」，詠物詩寫得好，「其稱名也小，其取類也大」，任何一種小小的名物，類比開來，都可以關係著溫柔的情感與遠大的義理。孔子所以把「多識草木鳥獸之名」與「邇之事父，遠之事君」並舉在詩道中，就是指出草木鳥獸的小名物裡都可以通貫到人倫國族的大道理。

我在《詩與美》書中有篇〈詠物詩的評價標準〉，認為好的詠物詩其標準有四點：

1. 基本條件是「體物得神」。
2. 有所寄託，因小見大。
3. 投入作者生命，喚起心靈世界。
4. 觸及民族共識及文化理想。

這四點是由「肖形毫末」欣賞到「寓物抒情」、「取象高深」，和孔子的啟示是一致的。這四點同樣可用來欣賞包羅眾品的題畫詩。由題畫詩的詩意再去審察所題的畫境，自然使畫面補足得更為豐盈，更為淋漓盡致。

倒看

玉妃一笑本無猜
拗性驢兒去不回
見面可憐交臂失
留情聊復轉身來

——元　吳澄　題倒騎驢覯梅圖　（草廬集）

騎馬騎驢原本都是身子正向朝前的，自從元代傳說八仙中的張果老老是倒騎著白驢子過趙州橋的，於是「倒騎驢」變成一種警世的展示。

有人猜測「倒騎驢」向後看在警示世人：凡事要回頭看看。今天能比昨天好，就不錯了，這樣想讓人們踏實、知足。如果一味要求天天都比昨天好，只有精神世界可以如此要求自己，物質世界如此要求，未必全是好事了。再則常常回顧歷史的經驗，在判斷明日的變化時，仍有用處的。

有人猜測「倒騎驢」向後看在暗示世人：「不願見畜生的面」。世人有兩項痛苦：喜歡的人偏見不著面，不喜歡的人偏是避不開要照面。一見面冷眼相對，熱舌交鋒，都是苦中之苦。因此若能長久避開討厭的面孔，不到那傢伙可能出沒之處，根本不看見畜生的面，乃是很大的幸福。

吳澄這首「倒騎驢觀梅」詩，卻給人第三種啟示：賞梅時倒騎著驢子看花，才不會匆匆失之交臂。

白梅素豔清香，他稱之為「玉妃」，玉妃一笑也是冷香正色，天真無邪而無可猜疑，但對這常常具有故意違背主人旨意的拗捩驢子而言，每逢白梅盛開處，主人想多觀賞一回枝頭的韻勝色莊，而這驢子是毫無意願多加逗留，只顧行色匆匆一去不回頭的。

所以古人美麗的傳說「騎驢踏雪尋梅」，也不過如「走馬看花」，再美的景色，剛逢上，就錯過。雖偶與可愛的玉妃照面，倏忽便掠過眼簾，馬上失之交臂！

我希望將情分留得久長一些，只好轉過身子來倒騎在驢背上，望著那雪月凝成的絕妙豔姿駸駸地遠去，滿枝的清香從風裡傳來欵欵地陪著我一路吟詩，如此將審美的時刻拉長了，徐緩獨樂，久望遙別，自然開暢盡興多啦！也就不必為這不解風情的癡獃驢子足不停蹄而有所惱恨了。

驪珠

西域葡萄事已非
故人揮灑出天機
碧雲涼冷驪龍睡
拾得遺珠月下歸

——元　丁鶴年　題畫葡萄　（海巢集）

葡萄就外形上聯想，形容作「明珠」，是最淺易常見的。加上那藤鬚蔓枝像龍身張鬚，就聯想為「驪珠」。驪珠比明珠更為稀罕難得，《莊子》裡說要等到驪龍睡熟，才能偷摘它頷下的驪珠。「碧雲涼冷」好像在形容九重淵池，其實仍在形容畫中涼葉如雲，翠綠團團的葉片。涼葉下如龍體的藤蔓睡熟了，才能讓人拾走驪珠般的葡萄。

畫筆最多只能將葡萄的形相表現得玲瓏透剔，光影色澤動人。但題詩加上了「西域葡萄事已非」一句，就使這小巧的「詠物」中帶出了龐大無比的時代陰影。原來這時元代已亡了，西域葡萄正是異域種族文化的象徵。詩人丁鶴年是西域色目人，不是漢人，他忠於元代，這時他成了草澤裡元代的白髮遺民。

他曾寫下「青雲路斷甘淪沒，碧海塵飛苦變更」的句子，放棄青雲前途，不忘風塵故國，甘心做個高士，只為了一個執著的心事，他的心事是只隨著雁兒北飛的！中國人對遺民做高士十分崇敬，不因種族政局立場不同而有所歧視。

所以他眼中看的葡萄盛況，是常聯著世軸大局的劇變，這時仍有一位同心的老朋友，在他面前揮灑出一幅葡萄畫，這葡萄藤上乃是長懸著江山有待的萬里心呢！

在葛質編集的《歷代題畫詩鈔》中，有一首元代傅若金〈題松庵上人墨葡萄〉詩：「露顆含香近客衣，蜜蜂蝴蝶繞藤飛。夜來應值驪龍睡，探得明珠月下歸。」末尾兩句和本詩雷同。因為丁詩見於本集，且《佩文齋詠物詩選》也認為這是丁所作，那麼傅若金可能是採用了丁句入詩。但傅詩前兩句露影含香，蜂蝶繞飛，完全在狀物寫景，沒有個人的寄託，沒有時代的巨影，詠物只在物，不能「小中見大」，依詠物詩的評價標準來看，他比丁詩原作遠遠遜色了。

偷閒

綠樹黃鸝處處山
偶從谿上看雲還
人生未許全無事
纔得登臨便是閒

——明　徐賁　溪山圖　（現藏美國克利夫蘭藝術館）

綠樹黃鸝處處山，偶從谿上看雲還。這兩句不僅描出色彩美麗的山水風景，也交代了一段愜意舒適的郊遊季節。人生的幸福常藏在片片段段的生活

「偶逢」之中。

懂得掌握這些「偶逢」，好好地欣賞一株姿態婀娜的綠樹，靜靜地聆聽一隻吟唱美妙的黃鸝，路過溪上，溪水盡處見雲起，溪水停處看雲影，開懷觀察溪水的繞綠送青，細心辨別春雲的遲遲變化，這些快樂好像只有隱士高士所能享用的，一般人哪能天天過野逸疏蕩的生活？整日沒一事拘限？但只要及時把握「偶逢」的一次登山臨水，誰都可以享受到半日清閒出塵的幸福。

面對著這幅勸人及時掌握機會的詩畫，對現代人來說，更是一條直指迷惘而令人警省的覺路。一生中不是被上課下課的鐘聲拘束住，就是被上班下班的打卡機卡住。即使畢業了，直至退休了，仍有無窮的瑣事牽絆著人，男女感情的、親友人情的、政治的、經濟的、健康的、個人情緒的……東拉西扯，將許多自己想做的事延誤沒做。你若想登山玩水，必須把握「偶逢」的機緣，說登臨就登臨，像拿起利斧劈開百十根牽絲攀藤。

推而廣之，想讓自己想做的事，最終不空留憾恨，如有夢想就設定目標去試試，如有助人的機會就即刻助人一把，如有美食當前就不錯過享受的機緣，如有想去的地方就決定去遊覽，如有想見的人就把握見面的場合，如有想向誰說聲謝謝就早點說出口……不要長期的拖延不決，最終仍是個「願望」！人生幸福與否，可能就在有沒有執行力，能掌握住「偶逢」的機緣，立即執行，從生活的縫隙間，忙中偷閒，閒都是從忙中偷出，你會看到不少幸福就坐在生活的小縫隙裡。

智勇

頭上紅冠不用裁
滿身雪白走將來
平生不敢輕言語
一叫千門萬戶開

——明　唐伯虎　畫雞　（六如居士全集）

畫裡只有一隻雞，頭頂紅冠，全身白羽。想要表現「智勇」這類抽象高貴的品格內涵，得靠一首題畫的詩點醒出來，以輔佐畫筆的不足。

頭上紅冠是熱血勇氣的象徵，這是天生具備的，不是後來裁飾的。《史記》裡說好勇力的子路，就是喜戴雄雞的冠帽，也增添他的威武。而雞全身雪白的羽毛，也教人聯想到三國演義裡「一身都是膽」的趙子龍就是身穿白袍，縱橫奔馬在戰陣之中。白袍最易成為敵人的箭靶，因而民間戲劇裡，能在戰場上身著鮮明的白袍馳騁在箭陣前者都是猛將。

畫中雞的勇猛，不必畫成排翅張瞋、激怒側睨的模樣，只以朱冠白羽，堂堂正正就顯示其雄武，走路也生風，這就不是匹夫之勇，而具大將之風。

畫中只有「勇」，可能是有勇無謀，還得表現「智」，畫筆不易傳達，教人領會，就以詩來補足：「平生不敢輕言語」，是說智者寡言，躁人語多，言多者必失，傻瓜才口中喃喃不停。這雄雞不輕語言，守時而鳴，像哲人「時而後言，人不厭其言」，一叫千門萬戶開，它一叫，人間因而夢覺，工商因而啟動，千門萬戶就開始新的一日，雞在畫上只占一個小小的空間，因而展開的人間萬象乃是聲聞無限的。

畫中一隻尋常的白羽毛公雞，被如此想像一誇飾，竟成了發號施令的萬眾司令。細想這雄雞「現實上成為的」和由詩的描繪而「可能成為的」，兩者之間天淵之別，落差極大，但以想像一烘托讓讀者觀眾覺得真有此可能，真具此本領，因而落差越大，越有美的想像空間，這就是藝文的感染力，使詩成為好詩，使畫成為名畫，使這隻白雄雞的德性與貢獻也變得偉大無匹了。

燕子

曾逐東風入紫微
晚拋江海滯烏衣
空誇萬里封侯頷
還傍人家門戶飛

——明 王世貞 畫燕 （歷代題畫詩鈔）

燕子是一種候鳥，過著春去秋來、冷暖遷徙的生活。此種特性最易譬喻作人間冷暖的滄桑。大廈高棟新建成，搬來遷居熱鬧的就是燕子，所以民間相信燕子來巢，是「主其家富」的好預兆。

由於唐代劉禹錫有一首「烏衣巷」詩，家喻戶曉：「朱雀橋邊野草花，烏衣巷口夕陽斜，舊時王謝堂前燕，飛入尋常百姓家。」朱雀橋、烏衣巷，都是昔日權貴巨富的聚集之區，如今豪門富宅，只剩下野花夕陽。而燕子仍是豪華的王謝堂前的燕子，經過世變浩劫，已經飛向尋常百姓家築巢了。詩中充滿著世代興衰無常的感喟。

王世貞的詩則從另一個角度切入，避開家國歷史的天地無情，由宏觀大敍述轉向為微觀小敍述，只去寫個人壯老的志業榮枯，用諷刺的筆法說：你不是曾經追逐東風，想高攀雲路，進入紫微宮垣的嗎？為什麼到了晚年就拋開橫絕江海的初心，只滯留在烏衣巷口了呢？相傳名將班超生來有老虎的額骨、燕子的頷頤（下巴袋），看相的說「燕頷虎額」能飛而食肉，是遠封萬里侯的貴相，你只知道以此面相空自誇許，到頭來卻還依傍著普通人家的屋梁飛飛，在淺水香泥裡過日子啊！

同樣一幅燕子遶飛的綠水人家，題上劉禹錫詩，就產生追昔撫今的情意；題上王世貞詩，就產生諷人刺世的憤激，可見畫上題的詩，常成為畫的靈魂，使有限的色彩紙墨線條裡誕生無限深長的韻味。

如果有人在畫上題一首依據劉斧《摭遺》的神話故事寫成的詩，說金陵有個姓王名謝的人，航海遇颱風，被飄到島上，島上的國王招他為駙馬，公主告訴他，這兒是「烏衣國」，後來他想老家，帶著妻兒歸來，國王派了一輛飛雲車送他，他回到老家，才看見妻兒都聚首在屋梁上呢呢喃喃。他才想起古名「玄鳥」，玄就是烏黑，所以稱「烏衣國」，原來是燕子國。你想在畫上題這樣一首別開生面的詩嗎？

花糧

三春花影盡魚糧
啖破溪花一面香
風到柳邊花彩落
卻驚魚陣逴清浪

——明 項聖謨 桃花游魚圖 (現藏瑞典遠東古物館)

以花作為糧食，這樣的主題，就像〈離騷〉中的高士：「夕餐秋菊之落英」，自然出塵而雅致高潔。春天的各種雜花香瓣，飄浮到水面都成了魚的美味佳肴，而季春三月的桃花豔影，更是引誘魚群的壓軸大菜。

魚群浮上來咬破了溪光裡的整面的芳香，每當柳邊風兒拂過，新鮮的花彩又紛紛撒下，原本悠然循序游著的魚陣驚喜失序，掉尾爭食，一陣熱烈的吹絮啖花動作，激起了清浪上的漣漪。

畫本是紙面靜止的，但這畫充滿著動感；畫本是無香無味的，但這畫卻像周身敏感的有機體。原因就在詩題得好：「啖破」兩字訴諸朱萼玉蕊的味覺；「桃香」陣陣凌波鋪灑訴諸嗅覺；「花彩」從臨水擺盪的柳條邊飄落，嫩綠緋紅訴諸視覺；「魚陣驚喜」爭食時奮鰭矜鱗，以魚尾拍擊清浪發生潑拉潑拉的歡悅聲響，訴諸聽覺和觸覺。這詩將畫筆的局限打破，使畫筆所無法表達的音聲香味，全給傳送過來，讓觀詩讀畫的人，像面臨立體而有聲光動作的現場。

古人寫過「凌波銜落蕊，魚躍水花生」、「吹絮圓漚續，觸荷清露碎」、「春水滿湖蘆葦青，鯉魚吹浪水風腥」等佳句，也將游魚的動態或觸覺、嗅覺，描寫入細，但都比不上這四句的意象豐滿集中於一詩。

我讀過明末人程嘉燧有一首〈和比玉賦游魚唼花影〉的詩，可以明白明末有位名叫「比玉」（即宋秀才珏，字比玉）曾以「游魚唼花影」為詩畫的主題，宋珏能詩能畫，他筆下詠芳吹沫的雅趣引人入勝，於是許多詩人畫家都與他唱和。程嘉燧寫「點額冷光如吸露，濯鱗香陣欲餐風」句，寫觸覺味覺也不錯。我猜想這位詩畫兼善的項聖謨，可能也是唱和「比玉」〈游魚唼花影〉詩畫的一位，項聖謨是明末秀水（嘉興）人（見《明詩綜》卷八十一下），宋珏雖是福建人，但他曾遊走吳越，到過浙江嘉興，宋珏在吳越一帶遍交賢士大夫（見《列朝詩集小傳》頁五八八），可能相識而依比玉的主題作了這幅畫為唱和。所以我認為瑞典遠東古物館展此畫的標題〈桃花游魚圖〉似乎可用〈游魚唼花影〉，或許更能精確地切近最初創作者的原意。

嬌荷

荷葉五寸荷花嬌
貼波不礙畫船搖
想到薰風四五月
也能遮卻美人腰

——明 徐渭 荷 （現藏美國夏威夷藝術學院）

寫詩作畫，都要懂得「虛實相倚」的訣竅，就詩而言，前兩句短短的荷葉、幼嫩的花蕾，還不礙彩船行走荷塘，是眼前所見的景物，是屬於實寫；後兩句四五月的薰風吹來，長高盛開的荷花，可以齊及美人的腰部，是想像中的景物，乃屬於虛設。

由小小的花葉推想未來豐盛的花季，預想中的「將要」是如何如何的美好，蘊藏著無限幸福的可能。而這位尚未出現的想像中的美人，腰身如何如何的美好，將與尚未盛放的蓓蕾，盛放後和美人並立在船側，詩中的推測也許比任何畫筆實際揮灑出來的更美更美。

畫也一樣，有筆墨處寫實景，留許多想像韻趣在筆墨之外，讓尺幅之外，剩有無邊容人馳騁的空間，所以畫家善用虛空留白，反而是意味層出的醞釀處。

這首題畫詩有兩個神妙處，一是在「貼波不得畫船搖」，前面雖用「五寸」如此具體的長短來丈量荷葉初生的大小，又用「嬌小」表達幼蕾，仍嫌不夠精準地感受，再用這一句，以舟底舟側與嫩葉弱蕾摩擦而無傷的觸覺，「貼波」而過，無礙無損，讓讀者自去感受其具體的高矮，才使嬌花新葉正當呵護的模樣在眼前展示得很細緻。

另一處是在「也能遮卻美人腰」，設想薰香滿湖的夏風吹著，這荷葉荷花將長到多高多大呢？說成「很高很大」就抽象不具體，說成「三尺四尺」，雖具體一些，但並不能活現眼前而動人心弦。他用船中美人腰的高度來實際丈量，觀眾自然眼睛一亮，盈盈隔水的綠波碧葉間，紅瓣紅妝，人花爭嬌，秀質幽香，雙麗并妍，這誘人爭看的意象就活現眼前了，此種寫作技巧，叫做「示現」。

桃源

一來種桃不記春
採花食實枝爲薪
兒孫生長與世隔
知有父子無君臣

——明　文嘉　桃源行圖（現藏美國舊金山亞洲藝術館）

自從陶淵明寫一位漁翁迷迷惘惘地闖進桃花源，飽享其中人間真樂，但由於「塵心未盡」想著回鄉，才向普世的人揭露了雲山中的「靈境」，後人再去尋都尋不著，無法確定這質樸美妙的世界存在不存在？遂使武陵春色幾乎成為人間的仙路。

此後多少畫家畫桃花源，多少詩人歌桃源行，每一位其實都在寫自己所嚮往的那個美夢。

這幅桃花源的假想圖裡，說此處的種桃者，一來到桃源打從種樹開始，就不記得幾度花開幾度花謝，不再需要記錄年程經歷了多少春秋，也不需要細數甲子乙丑是鼠年牛年，遺忘世界的第一步就是遺忘歷史。

自顧自地採桃花、吃桃果，修剪下的枝條可以作炊薪之用，遺忘世界的第二步就是生活要自給自足，生活力求簡便，生活最高的理想就是一家人飽暖地自由活著。

兒孫從出生到長成，都與外面的世界隔絕，人際網路愈簡單愈自由，兒孫在人世只知道有父子關係，並不知道另外還有君臣關係，老闆雇員關係……這就是遺忘世界的第三步。

拋下了歷史鄉情的記憶包袱，又有了經濟可能自立的環境，然後簡化人際關係，將壓力減到最低，才可以丟開政治的長期糾葛，脫出「指鹿為馬」的皇宮管轄範圍，逃離戰塵滾滾的長安，不去煩心秦漢魏晉的世軸變換，這就是遺忘世界的第四步。

文嘉是文徵明的次子，他的畫蕭然簡遠，得意處勝過其父親，他自畫自題，題畫詩很長，這兒只錄前四句。他長得瓊枝玉樹，真是王謝家子弟，而時值明代盛世，生活優裕，不知他心中如此清真遠俗，還在作「無政府主義」式的美夢。可見桃花源不只是時代戰亂、生活艱困時給人逃避的幻夢，生活無慮者一樣希望它真的存在，每個人都可能有它存在於內心深處，覺得希望無窮。

菜根

天下何人咬菜根
菜根之味勝八珍
仕宦紛紛厭粱肉
豈知菜根更適人

——清　萬斯同　青菜王（中國畫題咏辭林）

自從朱熹引汪信民的話說：「咬得菜根，百事可為」，咬菜根三字便形成一種民族共識，就是不怕吃苦，安於冷淡，在貧賤的生活裡抱定志向，立定腳跟，不受醲肥的誘引，有了此種長期的歷練，才能創非常之業，成非常之功。從事任何一行，都有成就的可能。

萬斯同題的詩很長，錄此四句，全詩當然也是從前述的基調出發的，天底下誰是咬得菜根而不以惡衣惡食自嫌的呢？他若能明白菜根的滋味勝過八種珍肴就好了。八珍的傳說是：龍肝、鳳髓、豹胎、鯉尾、猩脣、熊掌、烤貓頭鷹、油炸蟬蛹。你看那些富貴奢華的人家，已經饜足了粱肉，還在貪求更珍罕的食品，他們哪裡懂得咬菜根其實更適合人立身處世的原則。

他說的「更適人」，不是今日提倡的更適人腸胃健康，而是指「心安理得」、「少有得失的壓力」，所以他下面又寫：與其為了求得富貴肉食，不如安於民間的菜色。書本上常說「肉食者鄙」，但真有幾人能認清「菜味可貴」呢？爾今如果有位「王公」，客廳裡常掛著這幅「青菜王」圖，官至尚書仍喜歡過清貧咬菜根的生活，那麼人民臉上的菜色就可能大有改善的機會了。

萬斯同高唱「菜根香」，不只是說說高調而已，他身體力行，一生在生活中奉行實踐。他自供其生活情形：「陶令常乞食，顏公亦求米，古來賢達人，所遇猶若此，況我與時違，凍餒固其理，且當守故居，量力營菽水。」指出陶潛顏回這些賢達的人，都會遇上乞食求米的困境。我既與時潮不合，受凍挨餓也是合理合分的事，就守著故居，量力耕種去採些豆菜充腹吧。

他七歲時明朝亡了，腥塵匝地，常沒飯吃，後來返鄉，荷鋤園畦，村居時飽嘗菜根滋味，但他身居田家卻熟讀明代史料。康熙十七年，官府要推舉他為纂修官，他不肯，堅持不署名、不支俸，只以布衣協助修史，整部明史稿，其實都出於斯同之手，明代二百九十三年的時事，君相的經營創建、有司的制度奉行，以及文人學士的風範源流，盡因他以布衣在客館裡二十年才完成。他博通古今，洞明得失，史修得好，令人佩服，布衣菜食，更令人起敬，晚年他以「布衣萬斯同」作了幾場演講，每次王公以下聽講者超過千人，都稱呼他為「萬先生」！古代「先生」兩字是寓有「先醒先知」無上敬意的。

跋增訂本《詩林散步》

感謝九歌將本書重排再版，作者的存在感是在出新書或增訂舊作時最為蓬勃。也感謝李瑞騰教授，當本書初版問世時，在聯合報副刊上寫文章推介。他說：這是現代式的詩話。是將作者原先長期內積的詩學知識和人生經驗，自然煥發出來，和詩人所聯綴的珠玉之光相互照明，迸散發出智慧光芒。它替本書定位，並已盡可能挑最好的說了。如今再版本增訂了「詩與畫境」一輯，是從題畫詩中看詩境與畫境的互補。這是以前我寫《中國詩學》、《詩與美》時所未曾觸及的角落。

至於前面的十三輯一一七篇，修改不多，因為每一本書，都有作者自己腳步所踩的時空位置與學養指數，各種心境想法自有其階段性、時間性，現今的見聞感觸，與當年可能大不相同。

三十年前開始寫《詩林散步》時，正處於我人生的巨大轉折點上，由學術研究轉向文藝創作，放下學術行政的俗塵，重新出發讀書寫作，走出象牙塔的學術殿堂，走向大眾社會的廣場。

當時的願望是想從扎根於古典詩中的文字，如何過渡、轉型、升級、蛻化、變新，成為成熟的小品文，而我寫的文藝小品又必須有融合古今中外的特殊風格。前賢的微言經過疏通，中外的妙義經過搜爬，令古人的心髓與現代的生活，相互合轍，深而不鑿，新而不腐，使後生讀來仍能新眼一開。

但當時還找不到突破的出口，山上走走，不知要寫什麼，書中翻翻，也不知該怎樣寫去？心情雖閒適，未明的前景卻是十分悶迷的。但我心中明白：有願望就得先設定目標，不要空有願望；有目標就得立即著手執行，不要空有目標。然而路在哪裡？出口在哪裡？幾經籌思，先拿起筆來寫《詩林散步》，立即開始踱步，操演熱身，總比猶豫徘徊不進要好。所以本書是我知性散文小品大規模呈現前夕，想自我大突圍前的盤馬彎弓，摩拳擦掌，想從沒路可走的情況下殺出一條新路來的試探之作。

轉型、升級、蛻化……都不是一蹴即達，如何調整自己、強化自己、變新自己，必然少不了跌跌撞撞的徬徨過程。沒有痛就是沒有得到，沒有一種得到不是痛的。現今小品散文大規模呈現已經實現，再回頭向當初的起點處看，花了三十年，現今與當初的二點之間，絕不是簡捷的直線，它是曲折、高低且常有荊棘，迷障重重，但它也充盈著冒險闖路的趣味。

黃永武　寫於民國一〇三年六月

加拿大

九歌文庫 1162

詩林散步（增訂新版）

作者　黃永武
責任編輯　張晶惠
創辦人　蔡文甫
發行人　蔡澤玉
出版發行　九歌出版社有限公司
臺北市105八德路3段12巷57弄40號
電話／02-25776564・傳真／02-25789205
郵政劃撥／0112295-1
九歌文學網　www.chiuko.com.tw
印刷　晨捷印製股份有限公司
法律顧問　龍躍天律師・蕭雄淋律師・董安丹律師
初版　1989（民國78）年10月
增訂新版　2014（民國103）年12月
定價　250元

書號　F1162
ISBN　978-957-444-944-6
（缺頁、破損或裝訂錯誤，請寄回本公司更換）

國家圖書館出版品預行編目資料

詩林散步 / 黃永武著. – 增訂新版. --
臺北市：九歌, 民103.12

面； 公分. -- (九歌文庫 ; 1162)

ISBN 978-957-444-944-6(平裝)

1.中國詩　2.詩評

821.886　　103007128